新 潮 文 庫

最後のひと葉

O・ヘンリー傑作選Ⅱ

O・ヘンリー
小川高義訳

目次

最後のひと葉

O・ヘンリー傑作選 Ⅱ

最後のひと葉

The Last Leaf

ワシントン広場の西にちょっとした界隈があって、でたらめに走る街路が細切れになり、「プレース」と名のつく小路になっている。この手のプレースはおかしな角度で折れ曲がるもので、ある一本の道では、たどって歩いているうちに、一度や二度は、もとの道に出ている。これは重宝なことである、と気づいた画家がいた。絵の具や画用紙、カンバスの掛け取りが来たとしても、一セントの取り立てもしないうちに、いま来た道を戻っていることにならないか！

かくして、古めかしいグリニッジヴィレッジに、芸術家が群がることになった。北向きの窓、十八世紀の切妻、オランダ風の屋根裏。とにかく家賃が安ければよいのだった。錫合金のマグだとか、簡易な調理器具だとか、そんなものを六番街で調達して持ち込めば、それでもう芸術家の「コロニー」ができあがった。

ずんぐりしたレンガの三階建ての三階に、スーとジョンジーが絵のスタジオを持っていた。「ジョンジー」というのはジョアンナの通称だ。それぞれメイン州、カリフォルニア州からニューヨークへ出てきた。八番街の「デルモニコズ」で定食の出る時間に知り合い、芸術、チコリサラダ、ビショップ袖の趣味がぴたりと一致していたので、共同のスタジオを構えることになった。

それが五月のことだった。十一月になって、あやしい余所者が来た。冷たくて、人の目には見えず、医者には「肺炎」という名前をつけられる。こいつがコロニーをうろついて、一人、また一人と、氷のような手にかけていった。五番街よりも東では、この通り魔は大胆不敵に闊歩して、ばたばたと人をなぎ倒していったのだが、このあたりの狭くて苔むした「プレース」では、さすがに進行が鈍ったようだ。

肺炎という古いやつが騎士道精神を伝えていたとは言いがたい。おだやかなカリフォルニアの風に甘やかされて血の薄まった小娘では、手を赤く染めて息を荒くする怪人には格好の餌食で、これでは卑怯だとも言えようが、はたしてジョンジーがねらい打ちされてしまって、ほとんど寝たきりの病人になった。塗装した鉄枠のベッドから、小さなオランダ窓の向こうに、隣のレンガ壁を見るだけになったのだ。

ある朝、このところ忙しい医者が、白いものの混じるげじげじ眉を動かして、スーを廊下へ呼び出した。

「ま、助かる見込みと言えば——十に一つ」と言いながら、体温計を振って水銀を戻している。「本人が生きようとすれば、そんな見込みもあるだろうという話だ。どうも葬儀屋の客になりたがるやつばかり多くて、医者の薬なんぞ、ものの役に立たんよ。あんたの友だちだって、もう治らないと決めている。何でもいいから心残りになってくれるようなものはないのかな」

「ああ、そう言えば――いつかはナポリ湾の絵を描きたいと」

「絵を？――つまらん。もうちょっと気になってならないような――たとえば、男とか」

「男？」スーは口琴をくわえて弾いたような声を出した。「男なんてものは――あ、いいえ、先生、そういうことはありません」

「ほう、困ったもんだな。もちろん医者としては手を尽くすつもりだが、患者が葬列に並ぶ馬車の数を気にするようになったら、医薬の効能は五割引だと思ってくれ。だが、この冬の外套にどんな袖が流行るのか知りたがるように仕向ければ、十に一つが、五に一つにもなるだろうさ」

この医者が帰ってから、スーは仕事部屋へ行って泣いた。きれいな日本風の紙ナプキンが濡れそぼつまで泣いてしまうと、画板を抱え、口笛でラグタイムを吹いて、ジョンジーの部屋へ乗り込んだ。

ジョンジーはベッドから窓側を向いて、ひくりとも動く気配がなかった。寝ているのだと思ったスーは、口笛をやめた。

画板の位置を定めて、雑誌の挿絵にするペン画を描き出す。若い作家が雑誌に短篇を書いて文学の道を歩もうとするのと同じで、そんな短篇の挿絵を描いて若い画家は芸術の道を拓く。

馬術ショーのスケッチとして、主役になるアイダホのカウボーイに、しゃれた乗馬ズボンと片眼鏡をつけさせていたら、ぼそぼそと低い声がして、何度か繰り返すようだった。

ジョンジーが目を見開いている。窓の外を見て何やら数えているのだった。だんだん数字が減っていく。

「十二」と言ってから、いくらか時間をおいて、「十一」になり、さらに「十、九、八、七」が、ほとんど一度に重なった。

スーは窓の外に目をこらした。何を数えているというのだろう。つまらない中庭があるきりだ。六メートルほど先が隣の建物で、一面にレンガの壁である。ひねこびて根の腐りかけた蔦(つた)が、かなりの高さまで這(は)い上がっていた。秋の冷気に打たれた葉がほとんど落ちて、細い骨のようになった茎だけが、くたびれたレンガにへばりついている。

「ねえ、何なの?」スーは言った。

「六」小さい息のような声が返った。「どんどん落ちてるの。三日前は百枚くらいあったのよ。数えたら頭が痛くなった。いまは楽だわ。あ、また落ちた。これであと五枚だけ」

「五枚? どういうこと?」

「葉っぱ。蔦に残ってるでしょ。最後の一枚が落ちたら、あたしも終わりね。三日前からわかってるのよ。お医者さんに聞いてない?」

「そんな馬鹿(ばか)な。聞いてないわよ」スーは大仰に撥(は)ねつけてみせた。「あんな蔦の葉っぱと、病気が治ることと、どういう関係があるの。あの蔦はおもしろいって、すごく喜んでたじゃないの。まったく困った人だわ。けさ先生が言ってた。あんたが治る見込みは――ええと、何だっけな――まず九分通り、間違いない。つまり、まあ、ニューヨークで市電に乗ってるか、歩いてるか、どっちにしても新築のビルを見かけるくらいの確率だわ。いいからスープでも呑(の)んでくれれば、あたしも絵描きの仕事に戻れるんだけどね。うまいこと編集部によしと言わせたら、しょうもない病気の子にポートワインでも買って、この食い意地の張ったスーさんはポークチョップでもいただくわ」

「ワインなんて、もう買うまでもないのよ」ジョンジーは窓の外へ目をやったきりだ。「ほら、また一枚。スープも要らない。あと四枚だけね。暗くなる前に最後の一枚まで行ってくれないかしら。それを見て、あたしも行くわ」

「あんたねえ」スーはジョンジーの枕元（まくらもと）にかぶさった。「しばらく目をつむってなさい。窓の外なんか見ないでよ。あたしが一段落するまで、そういうことにしてくれない？　いま描いてる絵は、あしたが締切なんだから。うっかり暗くしたら仕事にならないけど、さもなきゃ窓のシェードを下ろしてやりたいわ」

「あっちの部屋で描けばいいのに」ジョンジーは冷めている。

「ここにいたいのよ。あんな葉っぱばかり見ていられたくないしね」

「じゃあ、終わったら、終わったって言って」ジョンジーは目を閉じて、白い立像を倒したように動かなくなった。「最後の一枚が落ちるのを見届けたい。もう待ってるのもいやだわ。考えるのもいや。何もかもうっちゃらかして、くたびれた葉っぱみたいに、ひらひら落ちて行きたい」

「いいから寝てなさい」スーは言った。「ちょっと下からベアマンさんを呼んでくるわ。世を捨てた老鉱夫という役でモデルになってもらう。すぐ戻るから、じっとしてなさいね」

ベアマンは一階に住む画家である。もう六十を越えていて、ミケランジェロのモーゼ像のような巻毛の髯が、半獣神の顔から小鬼の身体にかけて下がっていた。画家としては芽の出なかった男だ。絵筆をふるって四十年になるが、芸術の女神の裳裾に届きさえもしなかった。これから傑作を手がけるのだと言い続けて、いつも口だけになっている。このところ何年かは、たまに宣伝広告の下絵に手を染める程度で、ろくなものは描いていない。絵のモデルになるのは小遣い稼ぎである。この界隈の若い絵描きには、本物のモデルを雇う余裕はない。酒好きのベアマンは、むやみにジンを飲んでは、あいかわらず傑作を物する話をやめない。ふだんは気むずかしい小男で、どいつもこいつもやわでいけねえと息巻いているが、上のスタジオにいる若い二人組には守ってやりたい気持ちが働くようで、しわくちゃなマスチフの番犬めいた心がけになっていた。

スーが薄暗い部屋へ下りていくと、ベアマンは酒を飲んだ匂いを発散させていた。片隅に白いままのカンバスが立っていて、傑作の一筆目を受け止めようと、もう二十五年は待たされている。スーはジョンジーがおかしなことを考えているのだと言った。たしかにジョンジーは吹けば飛ぶように軽くなっていて、この世にとどまる気持ちが弱まれば、はらりと落ちて消えてしまうかもしれない。

ベアマンは、赤い目が涙目にもなって、くだらんことだといきり立った。そういう馬鹿話を考えるやつの気が知れんという。

「何だあ？　葉っぱが落っこちるから死ぬ？　そんな阿呆たれが世の中にいてたまるか。聞いたこともない。じゃあ、きょうはもう世を捨てた何たらのモデルになるのはよそう。あんた、そばについてて、そんな話をさせてんのかい。あはっ、ジョンジーさんもどうかしちまった」

「そりゃあ、病気なんだもの。あれだけ熱も出たんだし、おかしなことを考えるようにもなるわよ。じゃ、いいわ、モデルになってくれないなら仕方ない。でも、頭が取り散らかってるのは、ベアマンさんのほうよ」

「まったく女ってのは！　だから絶対いやだなんて言ってないだろ。モデルになるよ。行く。おれは構わねえよ。さっきからそう言ってるんだ。しかし、まあ、ここはジョンジーさんみたいな病人を寝かしとく家じゃないね。そのうち傑作を描いたら、みんなで出ていこうじゃないか。それがいいよ！」

二人で上がっていくと、ジョンジーは眠っていた。スーは窓のシェードをきっちり下ろしておいて、ベアマンにも隣の部屋へ来てもらった。その部屋の窓から、こわごわと壁の蔦を見る。そして黙って顔を見合わせた。冷たい雨が降りやまない。雪がまじっているようだ。着慣れた青いシャツ姿のベアマンは、世を捨てた鉱夫になり、ひっくり返した鍋（なべ）を岩ということにして腰をおろした。

翌朝、一時間ほど眠ったスーが目を覚ますと、ジョンジーは下まで引かれた緑色のシェードに向けて、どんより曇った目を見開いていた。

「上げてよ。見たいんだから」ささやき声に有無を言わせぬものがあった。

しょうがない、と思いながらスーは言うことをきいてやった。

すると、どうだ！　ずっと雨がたたきつけ風が吹き荒れていた長々しい夜が明けて、いまなおレンガの壁に一枚の葉が耐えていた。蔦に残った最後のひと葉である。茎に近いところは深緑の色をとどめ、ぎざぎざの周縁は黄ばんで枯れてきている。そんな葉が地面から六メートルほどの高さの枝に、まだ懸命にしがみついていたのだった。

「あれが最後ね」ジョンジーは言った。「てっきり夜中に落ちるんだろうと思った。風の音がしてたから。きょうには落ちるでしょうね。そのときに、あたしも死ぬわ」

「なに言ってるの！」スーはやつれた顔を病人の枕元へ寄せた。「あんたはどうでも、あたしはどうなるのよ。どうしたらいいの？」

しかし、ジョンジーの返事はなかった。いずことも知れぬ遠くへ旅立とうとしている魂ほど、この世に淋（さび）しいものはない。ジョンジーは、友情に、この地上に、つなぎとめる絆が一つずつ緩んでいくにつれて、あの奇妙な考えにますます取りつかれていくようだ。

この日、じりじりと時間がすぎて、夕暮れ時になっても、まだ一枚の葉が茎にしがみついて壁に残っていた。そして夜が来ると、ふたたび北風が野放図に吹いた。雨も勢いを保って、窓にたたきつけ、オランダ式の軒先に音を立てて流れていた。

いくらか夜が明けると、もうジョンジーは遠慮もなく、シェードを上げるようにと言いだした。

一枚の葉は、まだ残っていた。

この葉をジョンジーは長いこと見ていた。そのうちにスーに声をかけた。スーはガス台のチキンスープをかきまぜているところだった。

「あたし、悪い子だったのね」ジョンジーは言った。「心がねじ曲がってた。そうと思い知らせるために、あの葉っぱが残ることになったんだわ。死にたいなんて考えるのは罪なことね。あの、スープ、少しもらえるかしら。あとミルクも。ポートワインを入れて——あ、その前に手鏡とって。それから背中に枕をあてがってくれない？起き上がって、あなたが料理してるのを見ていたい」

また一時間後に、ジョンジーが言った。

「あのね、やっぱり、いつかはナポリ湾の絵を描きたい」

午後に医者が来た。その帰りがけに、スーも適当な理由をつけて廊下へ出た。

「見込みは五分かな」医者が言って、スーの震える細い手をとった。「しっかり付き添ってやれば、どうにかなる。さて、もう一人、下の階に患者がいるんで、そっちも見なくちゃいかん。ベアマンという名前だったか、一応は画家だそうだね。これまた肺炎だ。年が年だし、かなり衰弱してるんで、急に症状が出たらしい。もう危ないんだが、きょう入院させることになってるから、いくらか楽にしてやれるだろう」

次の日に、医者が言った。「もう大丈夫だ。よくやったね。あとは栄養をとって大事にしてれば、それでいい」

この日の午後、スーはジョンジーの部屋へ行った。ジョンジーはすっかりご機嫌になり、青々とした毛糸で、まるで実用性のない肩掛けを編んでいた。そのジョンジーに、枕も何もいっしょくたにして、スーは腕をまわした。

「あのね、ジョンジー、聞いて――。ベアマンさんが肺炎になって、きょう病院で死んだの。二日ともたなかった。きのうの朝、下の部屋で苦しがってるのを管理人さんが見つけたのよ。靴やら着てるものやら、ぐしょ濡れで、冷えきってたんだって。あんな荒れた夜にどこへ行ってたのか、見当もつかなかったらしいわ。それから、まだ明かりがついたままのランタンと、置き場から引っ張り出してきた梯子があって、絵筆が散らばって、パレットには緑と黄色の絵の具が混ざっていた——ねえ、窓の外を見てよ、最後の葉っぱが壁に残ってるでしょ。おかしくない？　あれだけ風にさらされて、ちっとも動かなかった。そうなのよ、あれがベアマンさんの傑作——最後のひと葉が落ちた夜に、ついに描き上げたんだわ」

騎士の道

The Caballero's Way

シスコ・キッドは、まず正々堂々と言ってよい喧嘩沙汰で、もう六人を殺していた。ただの人殺しだったら(たいていメキシコ人を)その倍くらい死なせた。殺さずに痛めつけたとなると、これはもう本人も謙虚なもので、数えるまでにおよばないと思っていた。そんな男に惚れた女がいた。

キッドは二十五歳だが、二十歳に見えた。もし慎重な保険会社が死亡年齢を予測したとすれば、おそらく二十六あたりの数字を出したろう。その生息地はというと、フリーオ川とリオグランデ川の間のどこになるのかわからない。人を殺すのが大好きだ。喧嘩っ早いせいもあるが、逮捕を免れるためでもあり、おもしろいからでもあり——どんな理由でも思いつけば理由になった。いままで捕まったことがないのは、どんな保安官やレンジャーよりも六分の五秒は早撃ちができたことと、白い毛がぽつぽつ混じった愛馬が、サンアントニオからマタモラスにいたる土地で、メスキートやサボテンの茂みを抜ける牛の道を知りつくしていたことによる。

このシスコ・キッドを愛したのがトーニャ・ペレスという女だった。カルメンとマドンナを半々にしておいて、さらにまた——そう、カルメン半分、マドンナ半分というほどの女なら、それだけでは終わらない——さらにまたハチドリのような女でもあった。フリーオ川の「一匹狼の渡し」という地点の小さなメキシコ人村で、草葺き屋根の小屋に住んでいる。同居しているのが父親なのか、祖父なのか、ともかくアステカ族の直系の子孫だが、まだ千年は生きていないだろう年寄りだ。山羊を百匹飼っていて、いつもメスカル酒に酔って夢うつつになっている男である。小屋の裏手はサボテンが大森林になっていて、どうかすると二十フィートくらい背丈のあるやつが、もう戸口にまで迫りそうだ。わけのわからない棘だらけの迷路になっている。ここを抜けてくる馬がいるとしたら、白い毛が混じっていて、乗っているのはキッドである。いつぞや、草葺き屋根の内側で、その棟木まで上がってトカゲになったようにへばりついたキッドが、トーニャの話し声を聞いていた。マドンナの顔をしてカルメンの色気がありハチドリの気性を持った女が、スペイン語と英語をとろりと混ぜ合わせた言語で、保安官の意を受けた一隊との会談に臨み、そんな男は知りませんよと言っていたのだった。

ある日のこと、州の幕僚でレンジャー部隊を管轄している人物が、ラレード駐在のX中隊長デュヴァル大尉に宛てて、皮肉まじりの文書を出した。大尉が受け持つ区域では、殺人犯、無法者が、平穏無事に暮らしていられるのではないか、というのだった。

ただでさえ日に焼けた大尉の顔が、レンガの粉のような色になった。この書簡にいくらか注釈をつけ、ビル・アダムソンなる一兵卒に持たせてサンドリッジ中尉に届けた。この中尉は、法と秩序を守るため、五名の兵を率いて、ヌエセス川の岸辺で水場にキャンプを張っていた。

ありきたりなイチゴのような顔色のサンドリッジ中尉は、美しきバラ色の顔になって、手紙を尻ポケットにねじ込み、橙色の口髭の終端を食いちぎらんばかりに嚙みしめた。

翌朝、中尉は馬に鞍を置き、単身、メキシコ人村に乗り込んでいる。フリーオ川の「一匹狼の渡し」までは二十マイルの距離があった。

身の丈は六フィート二インチ、バイキングのような金髪で、教会の執事のように物静かだが、マシンガンのような威力もあるサンドリッジ中尉が、小屋のならんだ集落に来てシスコ・キッドの消息を粘り強く追い求めた。

メキシコ人にしてみれば、法よりもよほどに怖いものがある。レンジャー部隊の中尉が追っているはぐれ者に恨まれたら、そいつから非情な仕返しがあるに決まっている。メキシコ人を撃って「ばたばた踊らせる」ことを趣味にしているやつなのだ。おもしろいというだけで死の舞踏を強いるとすれば、もし本気で怒らせたら、どれだけ空恐ろしい復讐(ふくしゅう)を覚悟しなければならないか。というわけで誰に聞いてもまともには答えず、手のひらを上に向け、肩を持ち上げて、わかりゃしません、キッドなんて知りません、という雰囲気をまき散らしていた。

だが渡し場の近くに店を出しているフィンクという男がいた。どこの国から来て、どの言葉をしゃべり、どういう関心があって、どんな考え方をするのか、どうにもわからないように出来ている。

「メキシコ人に聞いたって埒(らち)が明きませんや」とサンドリッジ中尉に言った。「あいつら、こわくて口に出せねえんで。キッドとか言ってるやつ――はんとはグッドールってんでしょう?――一度か二度、うちの店にも来たことがありますよ。どこに立ち回るかもしれねえかってえと――いや、あたしだって、わざわざ言いたくはねえんですよ。いまはもう銃を抜こうったって昔より二秒も遅くなってますんでね。それだけは考えに入れときてえ。まあ、しかし、半分はメキシコ人の女がいましてね。その女に会いに、渡しへ来ることはあるんでさあ。涸(か)れ谷を百ヤードばかり行った先の、サボテンが広がる手前に、女の小屋がありますぜ。たぶん、その女――いや、女がうんとは言わねえでしょうが、あれだったら、いい見張り小屋になるでしょうねえ」

サンドリッジ中尉はペレスの小屋へ馬を進めた。だいぶ日が傾いて、大きなサボテン林の影が広がり、すっぽりと草葺きの小屋にかぶさっていた。すぐ近くに枝木を組んだ囲いがあって、もう今夜は山羊どもを追い込んである。囲いに乗り上がって茂みの葉っぱを食っている子山羊もいた。老人が草地に毛布を広げて寝転がっていた。すでにメスカル酒で酩酊状態で、おそらく夢でも見ているのだろう。この皺だらけの顔からすると、新世界を征服せんとするピサロと乾杯した夜の夢ではないかというほどの大変な老人なのだった。そして小屋の戸口にはトーニャが立っていた。この女を見たサンドリッジ中尉は、馬の鞍にまたがったまま、ぽかんと口をあけて水夫を見るカツオドリのような顔になった。

シスコ・キッドには虚栄心がある。人殺しで名を馳せるような男はそうだろう。いま二人の人間がいて、どちらの心の中にもシスコ・キッドという存在が大きくふくらんでいたというのに、この二人が目と目を見交わしただけで、シスコ・キッドほどの者が急激に（たとえ当座のこととはいえ）忘れ去られたのだと知ったなら、その胸中は穏やかでなかったろう。

トーニャはこんな男を見たことがなかった。陽光に赤い血を通わせて晴れやかな人間ができあがったようなのだ。この男が笑うと、まるで日はまた昇るかと思うほど、サボテンにかかる影さえも明るくなる。いままでに知っていた男はみな小柄で色が黒かった。キッドだって、しでかした実績はすごいが、まだまだ若い。大きさだけならトーニャともたいして変わらない。髪は黒くてまっすぐだ。その大理石のように冷たい顔には、真昼でも肌寒くさせられる。

では、このトーニャはというと、ひどく貧しい実態ながらも、きわめて贅沢な幻想を抱かせる女なのだった。藍色のような黒髪は、きれいに真ん中で分けて、きっちりと束ねている。つぶらな瞳にはラテンの憂愁が宿る。というところでマドンナめいた顔になる。その挙動からすると、秘めたる情熱を燃やして、人を魅了せずにはおかないようで、これはバスク地方のジプシー女の系譜である。ハチドリのようであるのは女の心だ。あざやかな赤のスカート、紺色のブラウスを見れば、いくらかの目安にはなるかもしれないが、この鳥は奔放に飛びまわる。

いま輝いた太陽神が、水を一杯くれないかと言った。トーニャは草葺きの日除けの下に吊してある赤い水瓶から汲んでくる。サンドリッジは馬を降りて、神に仕える手間を軽くしてやった。

さて筆者にのぞき趣味はないのだし、人の心の働きを知りつくしているとも言わないが、事の次第を記録する立場としては、次のように言わせていただく。ものの十五分とはたたないうちに、サンドリッジは皮紐を六本縒り合わせて杭につなぐロープにする方法を教えていた。またトーニャからも自分の話をして、いつか旅の神父にもらった小さな英語の本と、ボトルで乳を飲ませている足弱の子山羊のほかには、まったく何もない淋しい暮らしなのだと言った。というわけで、ある疑いが生じる。キッドにとっては防護柵に綻びが出ていたのではないか。軍の高官が蒔いた皮肉の種は、それらしく実る土壌に落ちなかったのではないか。

　水場のキャンプに戻って、サンドリッジ中尉はあらためて決意を述べていた。シスコ・キッドにフリーオ川流域の黒土を舐めさせるか、さもなくば裁判の場に引きずり出すか、もう二つに一つしかない。これを当然の軍務のように言った。週に二度は「一匹狼の渡し」に出向いて、トーニャのほっそりしてレモン色を帯びた指を導き、少しずつできあがるロープづくりの面倒を見るようになった。六本の皮を縒り合わせる技術は、習うのは大変だが、教えるのは楽なのだ。

　ここに何度も通っていれば、そのうちにキッドが来るだろうという見込みが、中尉にはあった。いつ来てもいいように武器の用意は整え、小屋の裏手のサボテン林に警戒の目を光らせている。一石二鳥でトンビもハチドリも落とすつもりなのだった。

こうして日射しのような髪をした男が鳥類を追いかける研究にいそしんでいる一方で、シスコ・キッドもまた営々と職務をこなしていた。クインターナ川の小さな牛飼いの町で酒場を襲って、駐在の保安官を（バッジのど真ん中を撃ち抜いて）殺し、おもしろくもなさそうな顔で馬にまたがり去っていった。骨董じみた三八口径しか持たない老いぼれ役人を撃っただけでは、アーチストとしては不本意だ。

引き上げる途中で、ふとキッドの心にきざす望みがあった。悪事を働いて、その悦楽の切っ先が鈍ったら、どんな男でもそうなる。惚れた女に、それでも好きよ、と言わせたい。血に飢えているのは勇敢だから、むごたらしいのはひたむきだから、と思っていてもらいたい。トーニャの手で、日除けの下の赤い水瓶から水を汲んできてもらいたい。小さい子山羊がボトルの乳でちゃんと育っているのか聞いてみたい。

キッドは白い毛の混じる馬の首を、サボテンだらけの平原に向けた。これはホンド峡谷を十マイルも続いて、フリーオ川の「一匹狼の渡し」が終点になる。すると馬もひひーんと鳴いた。しっかりと土地勘のある馬で、環状線の鉄道馬車を引くのも同然に、もう道に迷うことはない。このまま行けば、四十フィートのロープで杭につながれて上質なメスキートの草を食うひとときがあることを馬も知っている。その間、漂泊のオデュッセウスは、魔女キルケーの草葺き小屋で、とろんと微睡むことになる。

あやしい一人旅をするとしたらアマゾンの探検すら上回るのが、テキサスのサボテン平原の騎行である。どこまでも同じで気が塞ぎそうになると、いきなり変化に見舞われる、というような土地に、奇々怪々のサボテンが伸び上がり、棘だらけの太い腕を張って行く手の邪魔をする。こんな干涸らびた地面にあって栄える悪魔の草が、浅黒い緑色をたっぷりと見せつけて、渇きに喘ぐ旅人をあざわらう。それが千度も身をよじらせ、うまく通り抜けられると思い込ませるので、うっかり誘われた旅人は出口のない「袋の底」で棘の陣地に引っかかり、たとえ引き返すことができたとしても、すでに脳内コンパスがぐるぐる回るような方向音痴になっている。

サボテンに道を誤るのは、キリストとならんで磔にかかった盗賊の最期にも似る。ぶつぶつと釘留めにされ、仇なす異形の群れに取り巻かれて死んでいく。

だが、キッドとその馬については、まるで話が違っていた。曲がって、くねって、回り込んで、およそ人がたどった最難関の迷路を抜けて、この馬がくるくる向きを変えるたびに、「一匹狼の渡し」までの距離が縮んでいった。

道すがらキッドの口から唄が出た。一つしか知らないから、それを唄った。生き方だって一つしか知らないし、惚れた女も一人だけだ。じつに単純な男であり、昔ながらの考えを持っている。その声はというとコヨーテが気管支炎を患ったようだが、いつだって唄いたいと思えば、この一つ覚えの唄である。荒野に生きる男の昔ながらの唄で、その出だしの歌詞は――

ルルはおれの女だ、手を出すな
出しやがったら、どうなるか

というようなものだと思ってよい。まだ続いていくのだが、馬も慣れっこで何とも思わなくなっていた。

しかし、どれだけ下手の横好きでも、ある程度の時間がたてば、これ以上は世界に騒音を増やさない方向で自制する。トーニャの小屋から一マイルか二マイルの距離にまで達すると、キッドもやむなく唄を終わらせた。自分の耳に届く歌声がつまらなくなったというのではなく、さすがに喉頭筋が疲れたのである。

まるでサーカスの馬がリング内を駆けるように、白い毛の混じった馬はサボテンの迷路をくるくる踊っていて、ついに「一匹狼の渡し」が近づいた道しるべになるものが馬上のキッドにも見えてきた。そろそろサボテンがまばらになり、草葺き小屋の屋根と、涸れ谷の端っこに立つ一本の榎が、視野に入った。わずかに進んでからキッドは馬を止め、棘のあるサボテンの隙間から、じっと様子をうかがった。それから馬を降り、手綱を放して、インディアンのように静かに腰をかがめて歩きだした。馬は自分の役割を心得て、おとなしく待っている。

キッドは音もなくサボテン林の切れ目まで行って、うまく葉に隠れながら偵察をした。

その隠れた位置から十ヤードの先で、小屋の日陰にトーニャがいた。のんびり坐った姿勢で、生皮の紐を綯ってロープにしている。と、ここまでは文句を言われる筋合いではないだろう。もっと浮ついたことをしていた女の例も世の中にはあることだ。しかし、いま何もかも話すとしたら、まだ言わねばならぬことがある。トーニャの頭は、紅顔金髪の大柄な男の頼もしい胸にもたれかかっているのだった。しかも男の腕がトーニャを抱いて、六本の紐を綯り合わせる細かな教習課程を、よく動く小さな指に教えてやろうとしていた。

サンドリッジは暗い影のようにまとまったサボテンに目を走らせた。きしむような小さな音を聞いたのだ。これには心当たりがなくもない。六連発の握りをぎゅっと摑むと銃のホルスターが鳴く音だ。しかし、それ以上の音はしなかった。またトーニャの指先を見ていてやらないといけない。

　それから、死の影に入ったまま、二人は愛を語りだした。静かな七月の午後、こぼれる言葉の一つずつがキッドの耳にまで届いた。

「だから、ね」トーニャが言う。「あたしから知らせるまでは、もう来ちゃだめ。あの人、そろそろ来る。きょう店にいたカウボーイが、三日前にグアダルーペで見かけたって言ってた。そこまで来てるんなら、きっと来る。ここにいるの見つかったら殺される。だから、もういいって知らせるまで、来ちゃいけない。あたしが困る」

「わかった」レンジャー部隊の中尉が言った。「そのあとは？」

「そのあと、兵隊さん連れてきて、あの人を殺す。さもないと、あの人に殺される」

「たしかに降伏するようなやつじゃないからな。シスコ・キッドはどの相手なら、殺るか殺られるか、どっちかだ」

「あの人が死なないと、あたしたち、のんびり生きていられない。たくさん殺してる人。もう死なせてもいい。兵隊さん連れてきて、逃がさないようにして」

「以前には、大事な人だったんだろう」サンドリッジは言った。

　トーニャは縒っていたロープを落とすと、身をよじって向きを変え、レモン色の腕を一本伸ばして中尉の肩にまわした。

「あの頃は――」さらさらとスペイン語が流れる。「あなたを見たことなかった。大きな赤い山みたい。強いだけじゃない、やさしい人。あなたを知ってしまったら、あの人もうだめ。でも、このまま生かしていたら、いつ仕返しに来るか、昼も夜も心配でならない」

「いつ来るのか、どうしたらわかる？」

「もし来たら」トーニャは言った。「二日いる。三日のこともある。ルイーサっていう洗濯女に息子がいる。足の速い小馬を持ってる。どうしたらいいか知らせる。手紙を持って走らせる。グレゴリオ。グレゴリオが行って手紙が届く。兵隊たくさん連れてきて。でも気をつけて。あの男、みんなに大悪党って言われるやつで、ピストーラの弾を撃つのは、ガラガラヘビが嚙(か)みつくより速い」

「キッドが早撃ちだってことは間違いない」サンドリッジも言った。「だが、おれは一人で来る。仕留めるなら一対一だ。それしかない。大尉からの手紙に一つ二つ書いてあったことを読んだら、どうしても一人でやってのけたくなった。キッドがご到着の際には、そうと知らせてくれ。あとは引き受ける」

「グレゴリオに手紙持たせる。あなた、あの笑わない小男の人殺しより勇気ある人。そう思った。あいつのこと、どうして好きだと思ったのかわからない」

そろそろ中尉が水場のキャンプに戻る刻限だ。中尉は馬に乗る前に、別れの挨拶のつもりで、小柄なトーニャを片腕でひょいと地面から浮かした。とろんと眠たい夏の熱気は、夢見る午後に淀んだままである。小屋の中では鉄鍋の火にかかるインゲン豆がぐつぐつ煮えて、粘土を塗った煙突から一直線の煙が上がっていた。十ヤード離れたサボテン林は、音もなく動きもなく、ひっそりとしたものだった。

サンドリッジが大きな褐色の馬を走らせ、フリーオ川の渡しの土手を降りていってから、キッドは馬を待たせている地点まで這うように戻って、さっきの道をくねくねと逆行した。

だが、ほどなく止まっている。静まり返ったサボテンの奥地に、半時間とどまった。それからトーニャはあの歌声を聞いた。高らかな調子っぱずれの唄がぐんぐん近づいてくる。トーニャはサボテン林の手前まで出迎えに駆けていった。

キッドはめったに笑わない男だが、トーニャを見ると笑った顔で帽子を振った。馬を降りれば、その腕に女が飛び込んでくる。女の顔を愛しげに見た。キッドの濃い黒髪が、皺だらけのマットのように頭にへばりついている。きょうは女との出会いが、わずかな小波を心の底流にもたらしたようだ。いつもなら、なめらかな浅黒い顔は、粘土の仮面も同然に、まったく表情を現さない。

「元気だったか」と言って、女をしっかりと抱いた。

「ほんとに待ち遠しいったらありゃしない」というのが女の答えだ。「いつ来るかと思って、あの悪魔の針山をにらんでばかり。もう目がしょぼしょぼする。いくら目をこらしても、たいして見通せない山だもの。でも、こうして来てくれると、文句を言う気がなくなるわ。こんなに放ったらかしにするなんて悪い人ねえ。じゃ、小屋に入ってお休みなさいな。あたし、その馬に水をやって、長いロープにつないでおく。冷たい水が甕（かめ）にあるわよ」

キッドは女をかわいがってキスをした。

「いやいや、どう間違ったって女に馬をつながせるようなことはしねえ。そっちの面倒はおれが見るから、小屋ん中でコーヒーでも沸かしてくれたらありがてえな」

キッドは射撃の腕もさりながら、もう一つ、われながら見事だと思っていることがある。メキシコ人に言わせれば「たいした騎士」で、こと女に関しては、やさしいことを言って思いやりもある紳士なのだ。女を相手にしたら、一言たりとも激しい言葉は出さなかったろう。女の亭主や兄弟を容赦なく殺すことはあるかもしれないが、いくら腹の立つ女でも指一本触れることはなかったはずだ。そんなわけで、人類を二分して興味深いほうの半分のうち、キッドのやさしさにぽうっとなった相当数が、この男をめぐる噂話はみんな嘘に決まってると言うのだった。人の噂なんて当てにならないという理屈だ。すると男が憤って、その紳士とやらの悪逆非道の証拠を突きつけることもあるのだが、それでも女は納得せずに、たぶん仕方なしにやったのよ、とにかく女の扱いはいいんだから、と言っていた。

それほどまでにキッドが女を大事にして、みずから誇りとする特質でもあったことを思えば、あの日の午後、サボテンに隠れて見聞きした場面による問題は（少なくとも役者の一人に関しては）解決への障害がありすぎて、その結果うやむやになったのかとも思われよう。しかし、このような事件があったというのに、ただ手をこまねいているキッドではあるまい。

短い黄昏が終わる頃に、小屋の中のランタンの光のもとで、インゲン豆、山羊のステーキ、缶詰の桃、コーヒーという夕食を囲んだ。そのあとで、もう山羊を追い込んだ老人はシガレットを一服して、グレーの毛布にくるまってミイラのようになった。トーニャはたいした枚数にもならない皿を洗って、キッドは小麦粉袋だった布のタオルで水気をぬぐった。トーニャは目を輝かせ、この前にキッドが来て以来、この小さな世界でどんなことがあったのか、つまらない話を懸命に語っていた。キッドが帰ってくれば、いつでもそんなものだった。

そして外へ出たトーニャは、ギターを抱えて、草を編んだハンモックで揺れながら、悲しき愛の唄を何曲か口ずさんだ。

「いまでもおれのことが好きか？」キッドは、シガレットを巻く紙をさがしながら言った。

「もちろん、いつだって」トーニャの黒い瞳はキッドを去らない。

「フィンクの店へ行かないと」キッドは立ち上がった。「タバコを買ってくる。あと一袋は上着に入ってると思ってた。十五分ばかりで戻るさ」

「急いでね。あの、今度はいつまでいてくれる？　あした出てったりしたら、また淋しくなっちゃう。それとも、もっとトーニャのそばにいてくれる？」

「ああ、今回は、二日や三日はいてもいいな」キッドはあくびをした。「ここんとこ一カ月は飛びまわってばかりだったんで、のんびりしたいぜ」

　タバコを買うと言ったキッドが、三十分は留守にしていた。戻ってくると、まだトーニャはハンモックに寝そべっていた。

「どうも妙だな」キッドは言った。「いやな気分だ。木の蔭（かげ）、草の蔭に、おれを撃とうと待ち伏せするやつがいるような気がして胸糞（むなくそ）が悪い。こんなのは初めてだぜ。虫の知らせってやつかもしれねえ。あすは夜明け前に早立ちしようかって気にもなる。

グアダルーペの一帯で大騒動らしい。あっちでドイツ人に弾をぶち込んできたから
な」

「まさか、こわくなってるんじゃ――あんたみたいな人がこわがるわけないわよね」

「そりゃあ、いざ喧嘩となったら、すっ飛んで逃げるようなおれじゃねえ。だが、おまえの小屋にいて追跡隊に燻り出されるのはまずい。怪我をしなくていいやつまで怪我をする」

「いいからトーニャのそばにいて。ここなら見つかりっこない」

キッドは涸れ谷にできた暗い影に油断なく目を配って、メキシコ人村のぼんやりした光を見やった。

「どうなることやら、様子を見るか」というのがキッドの判断だった。

真夜中に、ただ一騎、レンジャー部隊のキャンプに駆け込んだ者がいる。味方の使いであることをわからせようと、さかんに声を張って進んできた。サンドリッジおよび兵が一人、二人、何事ならんと起き出した。男はドミンゴ・リレスと名乗って、「一匹狼の渡し」から来たのだと言った。セニョール・サンドリッジ宛の手紙を預かっている。洗濯女のルイーサに頼まれた。その息子のグレゴリオが急に熱を出して馬

に乗れなくなったので、どうしても代わりに行ってくれということになった。
サンドリッジはランタンの火を灯(とも)して、手紙を読んだ。その文面は——

愛しい人へ。ついに来ました。あなたが出ていって間もなく、サボテン林から出てきたのです。最初のうちは三日以上いると言っていたのに、あとになって狼か狐(きつね)みたいになり、せわしなくうろついて、きょろきょろ見たり、耳をすませたり。それから、まだ暗くて静かな夜明け前に出ていくと言いだしました。わたしの態度があやしいと感づいたみたいで、へんな目で見られたりして、こわいです。だって愛してる、あんたのトーニャだ、と言うと、だったら証拠を見せろと言われてしまいました。これから小屋を出て行けば、もう待ち伏せがいるのだろうと思ってるみたいです。だから、わたしの服を着て敵の目をごまかすと言います。赤いスカート、紺のブラウス、それに頭から茶色のスカーフをかぶって馬で逃げます。その前に、わたしがあの男のズボンとシャツと帽子を借りて、その馬に乗って小屋から走り出て、渡しを越えた街道まで行ってから戻ってこいと言ってます。自分が出る前にわたしに行かせて、ほんとうに裏切ってないか、撃とうとする待ち伏せがないか、その証拠にしようとしています。ひどいです。それが夜明けの一時間前。すぐ来てください。あの男を殺して、トーニャをあなたのものにしてください。生け捕りではなくて、すぐ殺してください。こうなったら、それがいいです。うんと早く来てください。馬車や鞍を置いている納屋に隠れるといいです。そこなら暗いです。あの男は赤いスカート、紺のブラウス、茶色のスカーフ。わたしから百のキス送ります。必ず来てください。かまわず撃ってください。

あなたのトーニャより

サンドリッジは、任務に関わる部分だけを、すばやく説明した。だが部下の兵は、中尉を一人で行かせはしないと口をそろえた。

「いや、おれ一人で充分だ。女の機転で、やつは罠にかかった。それに早撃ちで負けるとは思わないでくれ」

サンドリッジは馬に鞍を乗せ、「一匹狼の渡し」に向かった。涸れ谷へ来て、大きな褐色の馬を木の茂みにつなぎ、ウィンチェスター銃をケースから抜くと、用心しながらペレスの小屋に接近した。夜空には半円になった月が高く、メキシコ湾から来るごつごつした乳白色の雲に流されているように見える。

馬車を置く納屋は待ち伏せにはうってつけの場所だった。そこに中尉は身を潜めた。小屋の前には草葺きの日除けがある。いまは黒い影としか見えない日除けの下に、馬がつながれているのがわかった。踏み固められた地面を、しきりに前足でたたく音がする。

それから一時間近くも待って、ようやく二人の人影が小屋を出た。一人は男の服装をして、すばやく馬にまたがり、納屋の前を駆け抜けて、渡し場へ、村へと向かった。もう一人はスカートにブラウスだ。頭からスカーフをかぶっている。わずかな月明かりの中へ進み出て、走り去る馬を見送っていた。あれが戻ってくる前に勝負をつけてやろうとサンドリッジは思った。トーニャだって見たくはあるまい。

「両手を挙げろ」ウィンチェスター銃を肩の高さに構えて納屋を出た中尉が、命令をたたきつけた。

くるりと振り向いたが指示に従う動きのなかった人影に、中尉は銃弾を撃ち込んだ。一発、二発、三発——さらに二発。シスコ・キッドを倒すなら念には念を入れたい。半月の明かりとはいえ、十歩の距離なら的をはずす恐れはない。

毛布に寝ていた老人は、銃声に目を覚ました。何なのかと耳をすますと男の声がした。悲嘆というか苦痛というか、とんでもない声を絞り出すものだ。いまどきの人間は迷惑なことだとぼやきながら、老人は身体を起こした。

大きな赤鬼のような男が小屋に飛び込んできた。一本の藺草のように揺れる手を出して、壁の釘にかかるランタンに届かせようとする。もう一方の手はテーブルに手紙を広げていた。

「見てくれ、ペレス」男は言った。「これは誰が書いたんだ?」

「ありゃ、セニョール、こいつは大悪党と言われるやつが書いたんだ。トーニャにくっついた男だよ。ほんとに悪いのかどうか、おれは知らねえ。さっきトーニャは寝ちまってたが、あいつは手紙を書いて、うちの雇い人に持たせた。ドミンゴ・サレスに届けさせて、それがセニョールのとこへ行ったんだ。まずいことでも書いてあるかい?こんな年寄りにはさっぱりわからねえや。しょうがねえ、ばからしい世の中だ。この小屋には飲むものがありゃしねえ。まるっきりねえんだ」

それでもうサンドリッジには、外へ出て地面に突っ伏すことしかできなくなった。ハチドリが倒れた地面には、すでに羽根一枚の動きもなくなっていた。ついに本能として騎士になれなかった男には、美しき雪辱の作法がわかっていなかった。

すでに一マイル先では、納屋の前を駆け抜けて去った男が、ざらついた調子っぱずれな歌声を上げた。その出だしは――

ルルはおれの女だ、手を出すな
出しやがったら、どうなるか

金銭の神、恋の天使

Mammon and the Archer

アンソニー・ロックウォールは、いまは隠居の身だが、ロックウォール・ユリイカ石鹼(せっけん)なる会社を創業した男である。この老人が、五番街に構えた豪邸の書斎の窓から外を見て、にたりと笑みを浮かべた。ちょうど右隣の住人、すなわち貴族趣味のクラブに出入りするG・ヴァン・スカイライト・サフォーク＝ジョーンズが、待たせていた自家用車に乗ろうと出てきたところで、いつものように得意の鼻をうごめかし、石鹼御殿の正面から街路を見下ろして立つイタリアルネサンス風の彫像に、あからさまな侮蔑(ぶべつ)の色を見せている。

「ふん、役立たずの見本のくせに、えらそうな顔をしくさって」というのが石鹼業界の王様だった男の感想だ。「冷凍プディングみたいなやつだ。あのまんま蠟人形(ろうにんぎょう)になって見世物にされるかもしらんぞ。今度、夏になったら、この家をオランダの三色旗みたいに塗ってやろうかな。オランダ系の鼻がどこまで反っくり返るか見たいものだ」

それからアンソニー・ロックウォールは書斎のドアまで行った。ベルを鳴らして人を呼ぶような男ではない。かつてカンザスの大平原で天空がひび割れるほどに鳴り響いた地声を発して、「マイク！」と呼ばわった。

やって来た使用人に、「息子に言ってくれ。出かける前に、ここへ来させるんだ」

若いロックウォールが書斎へ来ると、老人は新聞を読みさしにして息子に目を向けた。てかてかした大きな赤ら顔が、厳しい親父(おやじ)の顔つきになって、モップのような白髪頭をかき乱しながら、もう一方の手でポケットの鍵(かぎ)をじゃらじゃら鳴らした。

「なあ、リチャード」と息子に言う。「おまえ、石鹸はどんな値段のを使ってる？」

大学を出てやっと半年になったリチャードは、いささか意表を突かれていた。この父親には、いまだに予測しがたいところがある。何をしでかすかわからないという点だけで言えば、初めてパーティに出た若い娘と変わらない。

「たしか一ダースで六ドルだったかと」

「着るものは？」

「目安としては六十ドルばかり」

「おう、紳士だな」アンソニーは断定した。「もっとも近頃の粋(いき)がった若い者は、一ダースが二十四ドルの石鹸を使ったり、百の大台を超える着道楽をしていたりするらしい。おまえだって金に困ってやしないだろうに、そこそこの限度は守ってるようだ。

おれは昔からユリイカ石鹼だが、これは気分の問題もさりながら、どれよりも純な製品だからだ。石鹼が一個十セントを超えたら、くだらん香料とブランドに金を払ってるようなものさ。しかし、おまえの年齢、身分、立場を考えたら、五十セントくらいで相応かもしらん。なにしろ紳士なんだからな。よく三代続いたら紳士になれるなんてことを言うが、そんなのは的外れだ。金の力でどうとでもなる。石鹼の油脂みたいに、つるりんと出来上がる。おまえは二代目で紳士になった。いや、おれだって、たいして変わらんぞ。両隣の連中を見ろ。ニューヨークでは古参のオランダ系を気取ったって、ぶっきらぼうなだけで、礼儀も作法もありゃしない。おれと似たようなものじゃないか。そのくせ、おれが真ん中に割り込んで家を買ったものだから、夜もおちおち眠れないらしい」

「金の力でも及ばないことはありますよ」息子は悲観論に傾く。

「こら、何を言うか」老いた父には心外の極みであるようだ。「おれは金の力に賭けると決めてるんだ。金で買えないものがあるかと思ってさがしたら、百科事典をYの項目まで見てしまった。この分だと来週は巻末の付録まで行きそうだ。たとえ周囲が敵だらけになっても、おれは金の味方をする。金で買えないものがあるなら言ってみろ」

「まあ、たとえば——」さすがにリチャードも言い返してやりたくなる。「金を出したから上流社会へ入れるというものではないでしょう」

「ばか言え！」金銭は悪の根源。その悪の大将が、雷のごとき声を発した。「上流社会なんぞと言ったって、もとはアスター家の初代が下等の船賃を払えたからこそ、いまのようなものが出来上がったんじゃないか」

リチャードに溜息が出る。

老人は、いくらか嵐がおさまったように言った。「おまえを呼んだのは、ほかでもない。そういう話があるからだ。どうも近頃、おまえの様子がおかしい。この二週間ほど気配が見えている。さっさと白状しろ。その気になれば、不動産のほかに、一千百万くらいは二十四時間以内に用立てることもできるんだ。もし腹の中に燃ゆる思いでも抱えているなら、いまランブラー号が停泊中だぞ。石炭を満載した汽船が準備よしだ。あと二日でバハマ諸島へ出航する」

「たしかに、そんなような見当で、だいたい合ってます」

「やっぱりな」アンソニーはずばりと斬り込んで、「どこの娘だ？」

リチャードは書斎をうろうろと歩きだした。いかにも雑に出来上がっている親父だが、腹を割って話せるところはあるので、息子から見れば頼もしい。

「さっさと申し込んだらどうだ」老アンソニーがぴしゃりと言う。「向こうから飛びついてくるぞ。おまえには金がある。見てくれもいい。品のいい男だ。きれいな手をしている。ユリイカ石鹸は使っとらん。大学にも行ったが、そこまでは見ただけじゃわかるまいな」

「どうにも機会がなくて」リチャードは言った。

「なければ作れ。公園の散歩に連れ出したり、藁馬車(わらばしゃ)の荷台に乗っけたり、教会の帰りに送ってやったり、どうにかなるだろう。何が機会だ、しっかりしろ」

「でも社交界というのは水車が回ってるようなもので、その水の流れに乗ってる人は、一時間でも一分でさえも、何日も前から予定が決まってるんですよ。あの人がいないと僕はだめになりそうなのに、これではこの町が真っ黒けの泥沼でしかない――。そんなことは書けない。手紙で言えるわけがない」

「たはっ！ これだけ金の唸(うな)ってる家の伜(せがれ)が、若い娘に一時間か二時間の都合をつけさせることもできないのか？」

「どうやら遅きに失したので――。あさっての正午、あの人はヨーロッパ行きの船に乗ってしまって、行けば二年は帰ってこない。あすの夕刻には会えることになってますが、二人で話せるのは、ほんの数分だけなんです。いまはラーチモントの伯母さん宅に逗留中だそうで、そっちまでは押しかけるわけにいかないとしても、あすの午後八時半にグランド・セントラル駅に着く汽車で出てくる予定なんで、僕は馬車を雇って駅まで迎えに行きます。そこからブロードウェーを駆け抜けてワラック座へ行くと、あちらのお母さんや、同じボックス席に坐る人たちが、ロビーで待っているはずです。せいぜい六分から八分くらいの合間に、申し込みを受けてもらったりできると思いますか？　無理ですよ。劇場へ行ってしまったら、そんな話はできるわけがない。それっきりになる。こればかりは、いくら父さんが金を積んだところで、もつれて解きようのない無理なんです。時間なんてものは、一分たりとも、現金払いの切り売りで買えるようなものじゃない。そんなことができたら金持ちだけが長生きしますよ。もう絶望だ。ろくな話もしないうちにミス・ラントリーは出航してしまう」

「ようし、わかった」老アンソニーは愉快そうに言った。「じゃあ、もうクラブへ行っていいぞ。腹の中に悪いものでもあるのかと思ったが、どうってことはなさそうだ。まあ、たまには銭の神様を拝みに行って、線香の二、三本も上げておけ。時間は金では買えないと言うのか？　そりゃあ、いくら何でも、永遠というほどの時間を、そっくりお包みしてご自宅へお届けなんていうのは無理な注文だろうが、たとえ時の歩みは止められないとしても、歩くのが金の鉱山だったら、石を踏んづける足の痛手はかなりのものだ」

この晩、エレンが来た。リチャードの叔母にあたる。しとやかで多感な人だ。顔に皺が寄って、溜息をついて、富裕であることの重みに潰されそうになっている。兄のアンソニーが新聞を読んでいるところへ近づいて、切ない恋は苦しいものだという話を始めた。

「さっき、あいつに聞かされたよ」アンソニーは欠伸まじりに言った。「おれの口座から好きに使えばいいと言ってやった。そうしたら金にケチをつけやがって、金ではどうにもならないと言う。社交界のルールは動かせないんだそうだ。千万長者がチームを組んだって、一ヤードも押し込めないとやら」

「あら、兄さん」エレンは溜息をつく。「お金のことばかり考えないでくださいな。ほんとうの愛があれば、財産など何ほどのものでもないのですよ。愛こそが万能なのですから。リチャードったら、もっと早く、はっきり言えばよかったのに！　あのリチャードなら、いやと言われるわけがないでしょう。もう遅いのではないかしら。そのお嬢さんとしっかり話をする機会がないらしくて、いまとなっては兄さんの財力をもってしても、息子の幸せを仕入れることはできません」

翌日の夕刻、八時。エレンは古ぼけた虫食いのケースから、時代物の金の指輪を取り出して、甥のリチャードに持たせた。

「今夜は、これを指につけていて」と、たっての願いのように言う。「あなたのお母さんに預かったのよ。恋愛成就のお守りになるんですって。あなたが愛する人を見つけたら、これを渡すようにと頼まれていたの」

若いロックウェルは押し戴くように受け取って、小指にはめてみた。指輪は第二関節まで行って止まった。これを指からはずして、ヴェストのポケットに入れた。男としてはこんなものだ。それから電話で馬車を呼んだ。

駅へ行って、ざわついた人混みの中でミス・ラントリーをつかまえたのが八時三十二分である。

「ママやほかの人を待たせるわけにいかないの」彼女は言った。

「ワラック座へ。大急ぎだ！」リチャードは言われるままに馭者を急がせた。

四十二丁目を突っ走り、ブロードウェーで折れると、白い星空に飛び込んだような道になった。このあたりでは、静かな夕暮れの牧草地から、いきなり朝の岩山に場面が切り替わることもある。

三十四丁目の角まで来ると、すばやく馬車の天井窓を押し上げたリチャードが、止まってくれと馭者に言った。

「指輪を落としてしまった」と、詫びを入れながら馬車を降りた。「母の形見で、なくすわけにはいかない。すぐ戻る。一分とはかからない――落ちた場所はわかってる」

たしかに一分も待たせずに、彼は指輪を持って馬車の座席に坐っていた。

だが、その一分足らずの間に、横から来た電車が目の前に停まっていた。馭者は左側を抜けようとしたが、重そうな配送車に行く手をさえぎられた。ならば右からと思ったが、どういうわけか引っ越しの荷物車がいるので、いったん下がらざるを得ない。だが下がろうとした馭者は手綱を離して、これでは商売上がったりだと息巻いた。すでに車馬がひしめいて、どうにも動きがとれなくなっている。

この大都会に渋滞はめずらしくない。道路が封鎖されたように、ぱたっと流通が止まってしまう。

「抜けられないの？」ミス・ラントリーは気が気でない。「これじゃ遅刻だわ」

リチャードは立ち上がって、あたりを見まわした。ブロードウェー、六番街、三十四丁目が交差する空間に、あらゆる馬車や荷車、また路面電車があふれ返って、二十六インチの娘が二十二インチのガードルをつけたように、ぎゅうぎゅうに詰まっている。しかも、この交差点に向けて、それぞれの道から続々と新手の車両が突っ込んでくる。ただでさえ大騒動になっているところへ、なおさら車輪と車輪がせめぎ合い、馭者、運転手の罵る声が折り重なる。マンハッタンの交通量が一点に集中したような混乱ぶりで、このとき周辺の歩道に群がった何千の人々の中で最年長の老人でさえ、これだけの規模の大渋滞は見た覚えがなかった。

「まったく困ったことだが」リチャードは座席に坐り直して言った。「しばらくは動けない。こんがらかった状態がほどけるまでに一時間ではすまないだろう。僕がうっかり指輪を落としたばかりに――」

「その指輪、見せてくださいな」ミス・ラントリーが言った。「こうなったら間に合わないものは仕方ないわ。どうせお芝居なんてつまらないし」

この夜、十一時に、アンソニー・ロックウォールの部屋のドアに、軽いノックの音がした。

「どうぞ」アンソニーは声が大きい。赤い室内用のガウンを着て、海賊の冒険物語を読んでいた。

ノックしたのは叔母のエレンだった。何かの手違いで地上に取り残され、そのまま白髪になった天使のようだ。

「あの二人、婚約したのよ」と、やわらかな声音で知らせる。「お嬢さんが承知してくれたんですって。劇場へ行く道が渋滞して、抜け出るのに二時間かかったらしいの。

だからね、兄さん、もうお金の力ばかりを振りまわさないで。あの愛のお守りが――たった一つの小さな指輪が、お金には換えられない永遠の愛の印になって――リチャードが幸せになれたのよ。道に落としてしまった指輪を拾いに出たら、もう渋滞で動けなくなって、でも閉じ込められたおかげで、しっかりと話をすることができたんだわ。本物の愛にくらべたら、お金なんて不純な滓みたいなもの」

「そうか、そうか」老アンソニーは言った。「やつの思いがかなったということだな。だから金に糸目はつけないと言ってやったんで――」

「だけど、兄さん、そのお金がどういう役に立ったでしょうね」

「ちょっと待った」アンソニー・ロックウォールは言った。「いま海賊がとんでもない目に遭っている。船の土手っ腹に穴をあけられた場面なんだが、ちゃんと金のありがたみがわかってる男で、ここで死なせるには惜しいんだ。この章だけ最後まで読ませてくれないか」

さて、この物語も、ここで終わればよいのだろう。お付き合いくださった読者と同様、筆者もまた心からそのように願いたい。しかし真実をさぐるには井戸の底まで降りねばならぬ。

翌日、赤銅色の手をして、青い水玉のネクタイを締めた男が来た。ケリーと名乗って、すぐに書斎へ通されている。

「さてと」アンソニーは小切手帳に手を伸ばしながら言った。「かなりの裏金を使ったな――。現金で五千は行っていたと思うが」

「ええ、三百がとこは足が出て、立て替えてあります。見積もりを上回りました。配達や辻馬車の連中には、だいたい五ドルずつで手を打たせましたが、運送と二頭立てのやつらが十ドルよこせと言いましてね。市電の運転手も十ドル。荷物が多かったから二十ドルだなんて言い出すやつもいて――しかし意地きたないのは警官ですよ。五十ドルずつ握らせたのが二人、あとは二十ドル、二十五ドルなんていうところです。まあ、しかし、きれいに仕上がったでしょう。車両の入り乱れる屋外シーンとしては上々の出来です。もしウィリアム・A・ブレイディあたりが来合わせたら、興行のお株を奪われたと思って、心底くやしがったでしょうね。しかもリハーサルなしの一発勝負です。あいつら、寸秒の狂いもなく出番に間に合ってくれましたよ。たっぷり二時間は、グリーリーの銅像の下へ蛇が這うことさえできなくなってました」

「じゃあ、ケリー、千三百だ」と、アンソニーは小切手帳から一枚破いた。「約束の千ドルと、持ち出し分の三百。おまえは金を馬鹿にしたりはするまい？」

「あたしが？　貧乏の元祖になったやつよりも、よっぽど金にしがみついてます」

アンソニーは、出て行こうとするケリーを呼び止めた。

「ぎゅう詰めになった道のどこかで、素っ裸の太った子供が矢を放ってたりはしなかったか？」

「いえ、そんな」ケリーはさっぱり話がわからない。「見てませんね。そういうのがいたら、まず警官がとっつかまえていたでしょうが」

「そうだろうな、そんな小僧はいやしない」アンソニーは、ふふっと笑った。「じゃあ、ご苦労さん」

ブラックジャックの契約人

A Blackjack Bargainer

ヤンシー・ゴーリーの法律事務所で何が情けないかと言えば、何よりもゴーリー本人が情けなかった。ぎしぎしと鳴る古い肘掛け椅子にだらしなく坐り込んでいる。小さな事務所は、いつ崩れてもおかしくないような赤レンガの造りで、ベセルという町のメインストリートに面して建っていた。

この町はブルーリッジ山脈の麓にある。そこから上には天まで届きそうな山々がそびえ、はるか下にはカトーバ川の濁った流れが荒涼とした渓谷に黄色の川面をきらめかす。

六月の日中の、暑苦しい盛りである。ベセルの町は日陰でも涼しくない陽気にぐったりと半睡していた。仕事にはならない。これだけ静かだと、椅子にへたり込んでいるゴーリーにも、チップの置かれる音がはっきりと聞こえた。裁判所に集まる「悪仲間」が大陪審の部屋でポーカーをしているのだ。事務所の裏口が開いていて、草の地面を踏みつけた道が裁判所まで通じている。そして道を踏みはずしたゴーリーは、財産をすべてなくしていた。何千ドルかあった遺産を失い、さらに家屋敷を手放し、ついに人間としての尊厳の最後の切れっ端までも、あの連中にきれいに巻き上げられた。賭け事で破産してから、酒浸りになり、人に寄生して暮らすようなものだった。その挙げ句に、きょうという日には、もう裸に剥いてしまえば用はないということで、その場の員数にも入れてもらえなかった。何を言おうと取り合ってもらえない。いなくてよいものとしてゲームが進んで、はたで見ているだけという惨めな立場を割り振られた。保安官、郡の書記官、また保安官補佐のふざけた男、はしゃぎたがる弁護士、やけに白い顔で「渓谷の出だ」と言っている男がテーブルを囲んでいて、ゴーリーには坐る余地もない。毛を刈られた羊は、また生えそろうまでどこかへ行っていろ、と言われたも同然なのだった。

まもなく仲間はずれに嫌気がさしたゴーリーは、ふらつく足を不幸な草の道に運んで、ぶつぶつ独りごとを言いながら事務所へ帰った。テーブルの下から駕籠入りの大瓶を出してコーンウイスキーを一杯引っ掛けてから、どたっと椅子に身を投げて、無気力な自己憐憫に沈みつつ、夏の空気にぼんやり霞む山並みを見つめたのだ。ブラックジャックという山の中腹に、ぽつんと白く見えているのがローレルの村だ。その近辺でゴーリーは生まれ育った。生まれたと言えば、ゴーリー家とコルトレーン家の抗争も、そのあたりに発している。いまとなってはゴーリー家の直系で生き残ったのは、この羽をむしられて焼け焦げにされた哀れな鳥が一羽だけだ。またコルトレーン家にしても家名を守る男はただ一人しかいない。アブナー・コルトレーン大佐といって、こちらは資産も地位もあり、州議会議員をしている。年齢ではゴーリーの父親と同世代だろう。両家の確執は、この地方ではめずらしくもないことで、憎悪、不法、殺害の血塗られた歴史が残っていた。

だが、いまのヤンシー・ゴーリーは、そんなことを考えているのではない。ぐちゃぐちゃに混乱した頭の中で、どうしようもない難問を必死に考えていた。どうすれば身の保全をはかって、楽しい愚行を続けていけるのかということ。近頃は昔の一家を知っていた人々の計らいで、食べるものと寝るところはどうにかなっているのだが、まさかウイスキーまでは買ってもらえなくて、そのウイスキーがなくてはいられない。すでに法律の業務などは絶えている。この二年ほど、ずっと開店休業だ。人に金の無心をしてばかりで、もう落ちるところまで落ちたのだから、これ以上は落ちようがないだろう。あと一回チャンスがあれば、と思って暮らしている。せめて一番でも勝負ができれば、今度は勝てると思うのだ。しかし売って元手にするようなものがない。借金するだけの信用は底をついた。

六カ月前に、昔から続いたゴーリー家の土地を売った。その買い手になった男のことを思うと、こんな悲惨な境遇にあっても、つい顔が笑ってしまう。「あっちの山ん中から」来たという異様な二人組が現れた。パイク・ガーヴィという男と、その女房だ。山のほうへ手をかざして「あっち」と言っていたのだが、これを山の民が言うとしたら、はるかに奥まった天然の要害、底知れぬ谷、無法者の根城、狼(おおかみ)の巣穴、熊(くま)の居室を指すのだと思ってよい。このブラックジャックの山をだいぶ上がって、めったに人の寄りつかない荒れた奥地に、おかしな夫婦が二十年も暮らした小屋があった。犬を飼わず、子供もいないので、ずっしり重い山間の静けさが和らぐことはない。パイク・ガーヴィは、あまり人里に知られた男ではないのだが、わずかでも関わり合いになったことのある者は口をそろえて「頭のぶっ壊れたやつ」と言った。何を商売にしているのやら、本人はリスを撃つ猟師だとしか言わないが、趣味として酒を密造することもあるようだ。あるとき取り締まりの手入れがあって、引きずり出されたパイクは口もきかずに破れかぶれで猟犬のように暴れたのだが、結局は州の刑務所に二年間放り込まれていた。ようやく出してもらえると、イタチが怒ったように、すっ飛んで古巣に帰っていった。

幸運――。こっちに来てくれと願う人々を素通りして、なぜか幸運はブラックジャックの山深い奥地へ舞い込み、パイクとその古女房に微笑(ほほえ)んだ。

ある日、眼鏡をかけてニッカーボッカーのズボンをはいた、いかにも常識はずれの山師の一行が、ガーヴィの小屋の付近へ侵入した。さてはまた取り締まりが来たのかと、パイクは壁に架けてあったリス撃ちの鉄砲をはずして遠距離から一発ぶっ放した。この弾がそれたのは幸いだ。はからずも幸運をもたらすことになった一行は、さらに近づいてきて、法だの正義だのは知ったことではないと明かした。その後、開墾された三十エーカーの土地と引き替えに、手の切れるような現金で大変な額を払っている。そんな馬鹿馬鹿しい行為を取り繕う口実に、ここの地下には雲母の鉱床があって云々と、わけのわからない舌足らずな話をしていた。

こうしてガーヴィ夫妻が数えようとしてまごつくほどの大金を手にすると、山の暮らしには物足りないことがあると思えてならなくなった。パイクは靴を新調したいと言いだした。タバコの買い置きを樽に入れて隅っこに寄せておく。銃の部品も交換したい。それから女房のマーテラを山腹のある地点へ連れて行って、ここに小型の大砲を据え付けたら――買おうと思えば買える値段だろうが――小屋への一本道を完全に押さえて、取り締まりの役人そのほか、うるさいやつらを寄せつけるものではない、とも言っていた。

しかし、これは男だけの考えだ。財力に見合うものをパイクが思いついたにすぎない。薄汚い小屋の中には、こんな原始的な欲求をはるかに超える大望が、とりあえず休眠状態になっていた。ガーヴィの女房の胸中には、山奥で暮らした二十年という断食にも耐えて、いまなお女心というべきものが、ぽつりと一点の染みのように生き残っていたのである。もう長いこと、女房の耳に届くものといえば、昼は森で樹皮がはがれて落ちる音、夜は岩場に響く狼の声。もう女の見栄はすっかり抜け落ちたはずだった。体型が崩れて、肌の色は悪く、また鈍重になった。しかし、いざ資金ができたとなると、女として当然のことをしたいという欲求にふたたび火がついた。お茶の席に坐ってみたい。実用にならないものを買いたい。殺伐とした人生の現実を、上辺だけでも整えて飾りたい。だからパイクの防衛構想には冷ややかに拒否権を発動し、もう山を下りて、人のいる平地の世界で立ち回るのだと言った。

　そんなこんなで話が決まった。女房は渓谷に下りれば大きな町があると思い、パイクは人のいない大自然を求めたので、その真ん中をとってローレルの村へ行くことになった。ローレルであれば、どうにか女房の高望みに似合っていなくもない世間なみの楽しみがある。パイクにとっても、まだまだ山から遠くはないということで、もし人付き合いが面倒になれば、さっさと逃げて帰れる範囲内として、一応は悪くない場所である。

この夫婦がローレルまで下りてきたのと同じ頃に、ヤンシー・ゴーリーは不動産を現金にしようと焦(あせ)っていた。そんな偶然の一致から、ぐうたらな浪費家が手をふるわせて四千ドルを即金で受け取ることになった。

かくして、ゴーリー家の最後の生き残りとなった情けない男が、情けない事務所でへたり込んでいる。すったもんだの果てに、すっかり太らせてしまった連中に追い払われて帰った。家代々の屋敷にはよそ者の夫婦が住んでいる。

乾ききった道路に、ふわりと砂埃(すなぼこり)が舞い上がっていた。その中を何やら進んでくるものがある。そよいだ風が埃の雲を吹き寄せると、派手な塗装をした新品の馬車が、だらけた芦毛(あしげ)の馬に引かれる姿が見えてきた。道の真ん中を来た馬車が、ゴーリーの事務所に近づいたところで道端に寄り、事務所前の側溝で止まった。

前の座席に坐っているのが、長身で痩(や)せぎすの男である。黒ラシャの服を着て、ごつい手を黄色いキッド革の手袋におさめていた。後部座席には六月の暑さをものともしない令夫人が乗っている。がっしりした体型にぴったり合ったシルクのドレスは、きらきらと色調が入れ替わって見えるという銘柄の生地でできていた。まっすぐ坐って、飾りだらけの扇をゆらゆら動かして、表情のわからない目を道路の先に投げていた。このマーテラ・ガーヴィという女は、どれだけ新生活の楽しみに心が浮き立っているのだとしても、外見としてはブラックジャックの山の暮らしが抜けなくなっていた。その顔立ちは、山に刻まれるままに何もない空しさの見本として仕上がった。岩山のごとく無感動になりきって、ひっそりした山奥のように自分に引きこもっている。どれだけ環境が変わっても、いまなお樹皮がはがれて山の斜面に落ちかかる音が耳に残っていた。静まり返った夜でさえも、おそろしい沈黙という山の音が聞こえている。

ゴーリーは、この壮観な馬車の二人組が事務所へ来ようとするのを、おもしろくもなさそうに見ていたが、ひょろりと背の高い馭者が手綱を鞭に巻きつけて、不器用な降り方をしてから事務所に入ろうとすると、こいつはパイク・ガーヴィではないかと思って、ふらつく足で立ち上がり出迎えようとした。いまや変身して、にわか文明人になったパイクが来た。

山男は勧められた椅子に坐った。このガーヴィの精神状態を疑う立場からすると、まず顔つきに強力な証拠を見ることができた。むやみに長い顔である。どんよりとした黄色の顔が彫刻のように動かない。うっすらと青い目は瞬きもせず丸くなっていて、また睫毛がないというのだから、この不気味な顔がますます普通ではなくなっている。何の用があって来たのかゴーリーには見当がつかなかった。

「ローレルでは、うまくいってますかな、ガーヴィさん」と言ってみた。

「ああ、いっとります。ええ物件を買ったもんだと二人して大喜びでさあね。あの家を女房がすっかり気に入りまして、まわりの土地柄もええんだそうで。お付き合いちゅうもんをしてみたい言うのですが、それも少しっつ出来てきとります。ロジャーズさん、ハプグッドさん、プラットさん、トロイさん、なんてとこがお客に来てくれまして、女房もあちこちの食事に呼んでもらってます。ええとこの家の、いろんなことに誘われとるようなんで。しかし、ゴーリーさん、あたしはそういうのは苦手で――あっちのほうが性に合ってまさあ」ガーヴィの黄色い手袋をした大きな手がひらひら揺れて指したのは、なつかしい山の方角だ。「まあ、あっちの人間だからね。蜜蜂(みつばち)やら熊やら、そんなもんがいる山がええ。あ、いやいや、そんなことを言いに来たんじゃねえ。ゴーリーさんの持ちもんで、あたしら夫婦に売ってもらいてえもんがある」

「売る？」ゴーリーは反響するように言った。「おれが売るのか？」辛辣(しんらつ)な笑い声が出た。「そいつは間違いだ。何かの間違い。あんたが自分で言ってたように、おれは一切合財あんたに売っちまったんだ。いまさら売るもんなんて残ってやしない」

「いや、あるんですよ。それを譲ってもらいてえ。女房だって言うんでさあ、お金はあるんだから、ちゃんとした値段で買っといでよ、なんてね」

ゴーリーは首を振った。「戸棚だって空っぽだぜ」

「あっしらには運が向いた」山男はねらった目標をまっしぐらに追いかけて話を止めなかった。「えらく運が向いた。もとは食うや食わずの素寒貧だったが、いまじゃあ毎日だって人を呼んで食わせてもいい。これはもう世の中で認められたってことなんだって女房も言ってる。しかし、あと一つ、こいつは欲しいんだが、まだ持ってねえというものがある。買ったときの一切合財の中に入ってたってよさそうなのに、入ってなかったなんて女房が言うんでさあ。だから、お金持ってって、ちゃんとした値段で買っといで、なんてことになる」

「さっさと言えよ」ゴーリーは神経を逆撫でされるような気分だった。

ガーヴィはスラウチハットをぱんと卓上に投げ出し、瞬きもしない目玉でゴーリーをにらむように顔を寄せた。

「昔っから仲違いしてるでしょうが」ガーヴィは、くっきりと、ゆっくりと口にした。

「あんたとことコルトレーン家の因縁てやつだ」

ゴーリーは忌々しげに顔をゆがめた。家と家の不和について、その当事者の前で口に出すとは、山の礼儀として重大な違反行為である。「あっちの山」から来たという男なら、それくらい心得ているはずだ。もちろん弁護士だって知っている。

「いや、怒っちゃいけませんや」まだ話は続いた。「ただ売り買いのために来ただけでさあ。そういう争いのことを、うちの女房が調べましてね。ここいらの山地で家柄のいいとこは、どこかしらと仲違いしてるじゃありませんか。セトル家とゴフォース家、ランキン家とボイド家、サイラー家とギャロウェイ家。みんな二十年から百年も喧嘩(けんか)をやらかしている。最後に死人が出たのは、あんたとこの叔父さんでペイズリー・ゴーリーっちゅう判事が、まず休廷にしておいて、判事席からレン・コルトレーンを撃ち殺したからでしょうが。あたしら夫婦は、取るに足らねえ屑(くず)みたいな貧乏白人の生まれなんで、どっからも喧嘩の相手をしてもらえねえ。わざわざ雨蛙(あまがえる)の一家に喧嘩を売るやつがいねえようなもんだ。ええとこの家は、どこだって仲違いの相手がいるんだなんて女房が言いやがってね。うちはまだまだ及ばねえが、金を遣ってでも仲間入りしてえと思ってるんで、ちゃんとした値段でゴーリーさんとこの仲違いを買っといでよ、てなことになったんでさあ」

　リス撃ちの猟師は、ひょろ長い足をぬうっと突き出して、ポケットから小さくたたんだ札束を引っ張り出し、テーブルの上へ放った。

「二百ドルありますぜ。ゴーリーさんとこみてえに下火になった悶着(もんちゃく)なら、こんなもんでも損はねえと思うがどうかね。あんたは、まだ喧嘩しようったって、たった一人の生き残りなんでがしょう。あんまり命のやり取りが得意そうにも見えねえ。だから、あたしが代わって引き受けりゃあ、あんただって面倒がなくなるし、あたしら夫婦はええとこの仲間入りができる。そういう金がこれでさあね」

小さくなっていた札束は、ゆっくり折れ目が緩んで、はらはらと元に戻った。ガーヴィの話が終わってからの静寂に、ポーカーのチップが裁判所の部屋で鳴った。保安官の取り分になったのだろう。いつものように勝って発する唸り声が、ゆらめく熱気に乗って、ここまで漂ってきた。ゴーリーの額には玉の汗が浮いている。かがんで手を伸ばし、テーブル下からウイスキーの大瓶を取り出して、タンブラーを満たした。

「コーンウイスキーでもどうかな、ガーヴィさん。もちろん冗談なんだろうね。そんなような話は——。新商品の市場にはなるかもしれんな。家門の抗争、特選品二百五十から三百ドル、少々難あり二百ドル。そんなような値付けだったな?」

ゴーリーは自分で言って笑った。

山男は持たされたグラスの酒を飲んだ。見開いた目の瞼がひくりとも動かない。その飲みっぷりを見る弁護士の顔に、やるじゃないかという色が浮いた。自分でもグラスについだが、これは酔っ払いの飲み方になって、酒の匂いと味におののきながら、ぐびぐびと飲んでいる。

「二百ドル」またガーヴィが言った。「それだけありますぜ」

ゴーリーの脳内が、かあっと熱くなった。握った拳をテーブルにたたきつける。紙幣が一枚飛んで手に触れた。ゴーリーは、何かに刺されたように、びくっと震えた。「そんな用事で来やがったのか」と声を張り上げる。「人を虚仮にしたような馬鹿っ話を、本気で持ってきたってのか」

「損はさせねえと思いますがねえ」そう言いながら、リス撃ちの猟師は手を伸ばして、金を引っ込めようとするようだ。そしてゴーリーは、この憤りが自尊心を傷つけられたからではなく、自分への怒りであることに気がついた。どん底に落ちてしまったというのに、なお深い奥底が目の前にぽっかり口を開けている。いまから足を踏み入れようとしているのがわかるだけに腹が立ったのだ。怒れる紳士は、一瞬のうちに熱心な商売人に変容して、売り物をよく見せようとしていた。

「まあ、あわてるなよ、ガーヴィ」顔が真っ赤になり、舌がもつれそうだ。「そのはな、話に、乗ろうじゃないか。二百じゃ格安だけどな。売り手と買い手がどっちも、な、納得すりゃあ、取引はせい、成立するんだ。じゃ、お買い上げの品を、お包みするってことで、いいんだな？」

ガーヴィは立ち上がって、黒ラシャの服地をはたいた。「これで女房も喜びますさあ。あんたとこは関わりがなくなって、コルトレーンの喧嘩相手はガーヴィになった。それじゃ一筆書いてもらいてえ。弁護士さんならお手のもんだ。取引成立の書付になる」

ゴーリーは紙とペンをひっつかんだ。売上金は汗ばんだ手に握りしめている。こうなったら、ほかのことはどうでもよい。

「ようし、売渡証書だ。これにより本件に関わる今後一切の権利を保証し、かつ――あ、いや、ちょっと違うな、かつ保護し、とまでは書けない」ゴーリーは声をあげて笑った。「保護するのは自分でやってくれ」

山男はごてごて書き込まれた証書を受け取り、へんに手間をかけて折りたたんでから、ていねいにポケットにしまった。

このときゴーリーは窓際(まどぎわ)に立っていた。「ちょっと来てくれ」と言って、指さすように手を上げる。「いま買ったばかりの敵がいるぞ。ほら、道路向かいを歩いてる」

山男はひょろ長い身体(からだ)を曲げて、言われたように窓の外を見た。アブナー・コルトレーン大佐がいる。五十がらみの恰幅(かっぷく)のよい男だ。南部の議員にはお決まりのことだが、丈の長いダブルのフロックコートを着て、いつものように高さのあるシルクハットをかぶり、向かい側の歩道を通行中だった。そっちを見るガーヴィの顔に、ゴーリーは目を走らせた。この世に黄色い狼がいるとしたら、こんなものだろう。人間とは思えない目で相手の動きを追うガーヴィが、低い唸り声を発して、琥珀色(こはくいろ)の牙(きば)のような歯を剝き出していた。

「あいつですかい？　あたしがムショ送りになったのは、あの野郎のせいだ」

「ああ、昔は検事だったからな」ゴーリーもつられて口にしていた。「また射撃の腕も一流でなあ」

「あたしは百ヤードの距離でリスの目を撃ち抜きますぜ」ガーヴィは言った。「そうか、あいつがコルトレーンか。こりゃ思いがけねえ買い物だった。この喧嘩、たしかに買いましたぜ、ゴーリーさん。うまいこと片を付けてやりまさあ」

そう言って出ていこうとしたガーヴィが、やや困ったことがあるように戸口で立ち止まった。

「まだご用ですかな？」ゴーリーはふざけた皮肉を飛ばしたくなった。「家伝の掘り出しもの、先祖の亡霊、戸棚に骸骨(がいこつ)なんていう隠しごとも、いろいろ取りそろえておりますが。どこにも負けない底値でどうぞ」

「もう一つあることはあるんで」リス撃ち猟師に皮肉はきかない。「女房のやつが考えてましてね。あたしはこの話にはこだわっちゃいねえんだが、女房がどうしても聞いといてくれなんて言いやがる。もしゴーリーさんにその気があったら、ちゃんとした値段で売ってもらいなよ、なんていうことで。ほら、あの土地には杉林があって、墓地になっててましょうが。埋まってるのは、あんたとこの縁者だ。コルトレーン家にやられちまって埋められた。墓碑に名前がありまさあね。で、うちの女房が言うには、家族の墓地があるなんてのも、いい家柄の証になる。もし仲違いまで買えたんなら、ついでに買っといていいんじゃないか。墓碑の名前はゴーリーってことになってるが、うちの名前に変えても――」

「ばか言え。出てけ！」ゴーリーは顔面を赤黒く染めてどなった。突き出した両手の指先が曲がって揺れている。「失せろ。墓荒らしでもする気か。ちゅ、中国人だって、先祖の、は、墓は守ろうとするぞ」

リス撃ちの猟師は、身をかがめるように戸口を出て、馬車に戻った。この男が車輪の上の席に乗ろうとしたときには、ゴーリーは取り落とした金をあたふたと熱に浮かされたように拾っていた。馬車はゆっくりと方向を変える。ふたたび毛が生えてきた羊は、恥も外聞もなく気が逸って、裁判所への小道を急いだ。

そして午前三時。また毛を刈られた羊が意識までも失って、事務所に送り返された。保安官、ふざけた補佐、郡書記官、はしゃぎたがる弁護士がゴーリーを運んで、やけに白い顔で「渓谷の出だ」という男も付き添っていた。

「テーブルでいい」という声が上がって、実用にならない本や書類をかき分けるようにゴーリーを寝かせた。

「こいつは酔っ払うと二のペアを作ることばっかり考える」保安官が溜息まじりに思い返した。

「度が過ぎるな」はしゃぎたがる弁護士が言った。「ポーカーをやるんなら、こんなに飲んだくれたらいかん。今夜はどれだけ擦ったんだろう」

「二百ばかり行ったぞ。よく持ってたな。ここんとこ一カ月の上も、すっからかんだったのに」

「いい依頼人に当たったんじゃないのか。夜が明ける前に帰ろうぜ。こいつだって目が覚めれば大丈夫だろう。蜂の巣でもかぶったように頭がぶんぶん唸るかもしれないが」

まだ薄暗い夜明け前に、この連中がさらりと引き上げていった。哀れなるゴーリーを次に見る目となったのは、この日の太陽である。カーテンの掛かっていない窓からのぞき込んで、まず眠っている男に淡い黄金色の光を浴びせかけ、まもなく白っぽい夏の炎暑を押しかぶせて、斑に赤くなっている肌にじりじりと照りつけた。ゴーリーは散らかったテーブルの上で半ば無意識にもぞもぞ動いて、窓から顔をそむけた。そんな動きがあって重い法律書が位置をずらされ、どさっと床に落ちた。ゴーリーが目を開けると、かがみ込むように立っていたのは、黒いフロックコートの男だった。さらに目を上げれば、使い古したシルクハットが見えた。その下には、人のよさそうな、つるりとした顔がある。アブナー・コルトレーン大佐だ。

大佐もまた、どうなることか読みきれずに、はたして思い出してもらえるだろうかと相手の様子を見ていた。両家の男子が争うことなく顔を合わすのは、この二十年、絶えてなかったことだ。ゴーリーは瞼をひくつかせて、ぼやけた目の前に誰が来ているのか見ようとした。そして穏やかな笑顔になった。

「ステラとルーシーも遊べるように連れてきてくれましたか？」静かな言い方をする。

「私がわかるのかね、ヤンシー」コルトレーンが言った。

「それはもう。根元が笛になってる鞭をもらいました」

そんなこともあった。二十四年も前だ。当時はヤンシーの父親と大佐は親友だった。

ゴーリーの視線がふらついた。大佐は察しをつけて、「いいから寝てなさい。いま持ってきてあげよう」と言った。裏庭に井戸のポンプがある。ゴーリーは目を閉じて、かたんと取っ手が動く音に続いて勢いよく水が出たらしい様子を、至福の思いで聞いた。コルトレーンは冷たい水をピッチャーに入れてきて、ゴーリーが飲めるように支えた。ほどなくゴーリーは身体を起こした。みっともない姿をさらしている。亜麻の夏服は泥だらけに乱れて、出来の悪い頭がくしゃくしゃになって眩暈がする。どうにか手を振ってみせようとした。

「すみま、せん——お恥ずかしい、かぎりです——。きのうの晩、ウイスキーを飲み過ぎて、ここで寝てしまったようです」ぎゅっと眉根を寄せて、なんだかわからないという顔になった。

「あいつらと出かけたのか?」コルトレーンは親身に聞いた。

「いえ、どこにも。この二カ月、一ドルの金も使えなかったので。テーブル下の壜に手を出しすぎたんでしょう。いつものこと、かもしれませんが」

コルトレーン大佐は相手の肩に手を添えた。

「さっき、ステラとルーシーも遊びに来たのかと言ったな。まだ目が覚めきらず、子供に戻った夢でも見ていたんだろう。もう目は覚めただろうから、しばらく耳を貸してもらいたい。きょう来たのは、そのステラとルーシーも知ってのことで、あの二人には幼い頃の遊び友だち、私にとっては旧友の息子である男と、話をしたいと思ったからだ。うちへ来てもらうつもりでね。二人とも、まったく昔のように、大歓迎するだろうよ。わが家でのんびりして、自分を取り戻してはくれないだろうか。いつまでも好きなだけいるがいい。噂は聞いてる。だいぶ落ちぶれて悪い誘いもあるようだが、しばらくわが家の客になっていたらどうだ。来てくれるな？　もう家同士の争いなどは忘れて、また遊びにおいで」

「争い！」ゴーリーは、はっと目を見開いた。「そんなもの、両家の間には私の知るかぎり全然なかった。いつだって仲良くしていたじゃありませんか。でも、大佐、僕なんか、いまさらお宅へ顔を出せるような人間じゃありません。どうしようもない飲んだくれで、だらしなく無駄金ばかり遣ってるギャンブル中毒――」

ここでテーブルから転げ出すようにアームチェアへ移動し、泣き上戸になったような涙を流したが、悔恨と恥辱を知る心から出た本物の涙の粒がなかったわけではない。コルトレーンは粘り強く、また理を尽くして、諄々と説いた。さっぱりした山の暮らしの楽しさはわかっているはずだ、こうして呼び戻そうとするのは純粋に善意から出ていることなのだ――。

そして最後には、じつは頼みたいことがあるのだと言って口説き落とした。伐採した材木を山腹から水路まで大量に運搬するための技術開発に手を貸してくれという話だった。ゴーリーには滑走式の仕掛けを工夫した実績があって、自分でもなかなかの発明だと思えるようなものだった。そうと知っている大佐の説得に、この落ちぶれていた男も、まだ人の役に立てるのかと思ってうれしくなり、すぐさまテーブルに紙を広げて、手早いことは手早いが震えが止まらないのは如何ともしがたい線を引きながら、どんな方策があるかという概略を描いていた。

この男も放蕩息子のみじめな生活に嫌気がさして、また山へ帰りたい心境になりつつあった。それでも心の働きに生じたおかしな目詰まりが、すぐに解消したのではない。思考も記憶も、伝書鳩がやっと一羽ずつ嵐の海を越えるように、ぽつりぽつりと戻るのでしかなかった。だが、そこまでの進展があっただけでも上出来だとコルトレーンは見ていた。

この日、午後になってベセルの町では、かつてない衝撃の光景が見られた。コルトレーン家とゴーリー家の男二人が、仲良く馬の轡をならべて行き過ぎたのだ。埃っぽい街路、ぽかんと見送る町民を尻目に、川にかかる橋を越えて、山の方角へ出ていった。すでに放蕩者も整髪し、洗顔し、身だしなみを整えていたが、馬上の姿には揺らぎがあって、難問に頭を悩ますという体に見えた。そんな男に、コルトレーンが口を出すことはなかった。環境が変われば、おのずと安定を取り戻すものだと考えていたのである。

あるところでゴーリーに震えが来て、あやうく落馬しそうになった。いったん馬を下りて、道端で休憩せざるを得なかったが、こんなこともあろうかと大佐は小さな水筒にウイスキーを用意していた。しかしゴーリーは乱暴なまでに拒否している。もう二度と酒に手をつけないと言うのだった。だんだんと回復して、また何事もなく一マイルか二マイルは行った。するとゴーリーが急に馬を止めて言った。

「きのうの夜、ポーカーで二百ドル負けたんだった。それにしても、あんな金、どうして手に入れたんだろう」

「まあ、落ち着け、ヤンシー。山の空気を吸えば心も晴れる。まず釣りに行こう。ピナクル滝でトラウトが牛蛙(うしがえる)みたいに跳ねてるぞ。ステラとルーシーも連れてって、イーグル岩でピクニックだ。ヒッコリーの木で燻(いぶ)したハムのサンドイッチを覚えてるか。釣りをして腹が減ってから食うと格別だな」

まとまった金をなくしたという話は、大佐には信用されていないらしい。ゴーリーはまた物思うように沈黙した。

夕方近くには、ベセルからローレルまで十二マイルの行程のうち十マイルまで来ていた。ローレルの半マイル手前に、昔のゴーリー家があった。コルトレーン家が住んでいるのは、この村を越えて一マイルか二マイル先である。そろそろ道は険しいのだが、山ならではの楽しみも出てきた。森の坂道に、葉が茂り、鳥が啼(な)き、花が咲く。

清々(すがすが)しい空気は、薬も顔負けの強壮効果がある。樹木がとぎれると、苔(こけ)があれば地面が黒っぽく見えて、水が流れていればシダや月桂樹(げっけいじゅ)の間からちらちら光が放たれている。ここから下の景色を見れば、近くの枝葉を名画の額縁とするように、はるかな渓谷がオパール色の靄(もや)に陶然とかすんでいた。

コルトレーンは、連れてきた男が森の魅力に感化されつつあると見て喜んでいた。これからペインターズ崖(がけ)の裾(すそ)をまわって、エルダー川を突っ切り、その先の山へ上がれば、もうゴーリーが浪費の果てに人手に渡した父祖の家にさしかかる。岩一つ、樹木一本、道路の一フィートも、この男には懐(なつ)かしかろう。彼が森を忘れてしまったとしても、森は「埴生(はにゅう)の宿」を奏(かな)でるように彼の心を揺すっていた。

崖の下をまわってから、流れの速い川に馬を入れて、水を飲ませたり撥(は)ねさせたりした。右手側にみえる柵(さく)が、川沿いから道路沿いに折れ曲がって続いていく。柵に囲まれた土地はゴーリー家のリンゴ園だった。ここからでは急坂の山に遮られて、まだ屋敷は見えない。柵の内側にはポークベリー、エルダー、サッサフラス、スーマックのような木がびっしりと茂っていた。そんな枝ががさがさと音を立てるので、ゴーリーとコルトレーンが目を上げると、長くて黄色い狼のような顔が柵の上に出て、色の薄い目で瞬きもせずに二人を見ていた。その顔がすっと消えて、木の枝がざわついたと思うと、あの見映えのしない姿がリンゴ園の木々の間をジグザグに駆け抜けて屋敷の方角へ向かった。

「ガーヴィだな」コルトレーンが言った。「きみが家屋敷を売った男だ。まず間違いなく、まともな精神ではない。何年か前に密造酒の件で服役させたが、それで立ち直るようなやつとは思えなかった。おや、どうかしたのか、ヤンシー」

ゴーリーは手で額の汗をぬぐっていた。顔の色が失せている。「僕もまともではないと見えますか」無理に笑おうとしながら言った。「また思い出してきたことがあります」アルコールがいくらか脳から抜けていた。「どうして二百ドル持っていたのかわかりました」

「いまは考えるな」コルトレーンは明るく言った。「あとでじっくり考えるとしよう」

二人は川を出て先へ進み、いよいよ山登りだというところで、またゴーリーが止まった。

「僕が見栄っ張りな人間だと思われたことはありませんか？　ばかばかしいほどに見かけを気にするんですが」

そう言う男が、薄汚いよれよれの亜麻の上着に、色褪せたスラウチハットという出で立ちなのだが、大佐はなるべく目を合わせたくなかった。

「そうさな」どう答えるべきか困るが、一応は相槌を打っておく。「二十歳くらいの若いやつを覚えてるよ。きりっと締まったコートを着て、きれいに髪を整えて、威勢のいい馬を乗りこなして、ブルーリッジ山脈の洒落男だったか」

「そうなんです」ゴーリーは勢いづいた。「いまでも、そうと見えないだけでして、じつは七面鳥みたいに気取り屋で、堕天使みたいに傲慢ですからね。というわけで、ちょっとしたお願いなんですが、いまだけでも僕の弱味に付き合ってやってくれませんか」

「おいおい、はっきり言えよ。お望みならローレルの公爵にでもブルーリッジの男爵にでもしてやるぞ。ステラの孔雀の尾羽を抜いてやるから帽子に飾ったらいい」

「まじめな話ですよ。もう間もなく山の上の家を通りかかります。僕が生まれた家で、百年近くもゴーリー家が住んでました。いまは他人の家です。その家の前を通るのに、こんな体たらくなのですよ。みすぼらしいというか、貧乏くさいというか、のらくらして身上を潰したなれの果てです。この姿をさらすのは耐えられません。通りすぎた家が見えなくなるまで、大佐のコートと帽子を貸してもらえませんか。くだらない見栄だと思われますでしょう。でも、なつかしい家の前では、できるだけ格好をつけていたいのです」

コルトレーンは「はて、何のつもりか」と思った。正常な顔つきで、静かな態度で、こんな奇妙な要求を出すものだろうか。しかし、そう思いながらも大佐は承諾してコートのボタンをはずしかけていた。突飛な話とはいえ、ただの酔狂とも思えないのだった。

コートも帽子もゴーリーの寸法に合っていた。きっちりとボタンを留めるゴーリーの顔には、これでよしという揺るがぬ自信の色が浮いた。身体の大きさはコルトレーンと似たようなものだった。上背があり、太めの体型で、姿勢がよい。二十五歳の年齢差はあるが、見た目には兄弟でも通りそうだ。ゴーリーは実年齢よりも老(ふ)けて見えた。むくんだような顔には皺(しわ)がある。大佐は肝臓に負担をかけていない健康な肌の持ち主だ。その大佐が古ぼけた亜麻の上着、色褪せたスラウチハットを、ゴーリーに代わって着用した。

「さて、それでは」ゴーリーは手綱をとった。「僕を先に行かせてもらえますか。大佐は十フィートばかり後から来てください。うんと目立ってやりますよ。まだまだ終わった人間じゃないということを見せてやります。もう一度いい格好をしたいんですよ。じゃ行きましょう」

ゴーリーは馬を早足で駆けさせ、颯爽(さっそう)と山道を上がっていった。大佐は言われたとおりに後続する。

馬上のゴーリーは背筋をまっすぐ伸ばしていたが、顔は右側を向いて、旧ゴーリー家の土地にある木の茂みやら、柵やら、隠れ場所になりそうなところに油断なく目を配っていた。「あいつめ、やる気でいるんだろうか。それとも、あれは夢みたいなものだったか」と口の中でつぶやきもした。

そして家族の墓地の前にさしかかって、見るのではないかと思っていたものを見た。墓地の一角で、シーダーの葉が繁(しげ)る木立から、ぱっと白い煙が上がったのだ。ゴーリーはゆっくりと左に傾いた。コルトレーンが急いで馬を寄せて、片腕で受け止めてやるだけの余裕はあった。

リス撃ちの猟師が自慢した射撃の腕は、なるほど確かなものだった。弾丸は狙(ねら)ったとおりに、またゴーリーが予測したとおりに飛んで、アブナー・コルトレーン大佐の黒いフロックコートの胸を撃ち抜いていた。

ゴーリーはずっしりと体重をコルトレーンにかけていたが、落馬にはいたらなかった。二頭の馬は横にならんで進み、大佐の腕はゴーリーをしっかり支えていた。ローレルの村が、半マイルほど先の木々の間に、ちらちらと白い家屋を見せている。ゴーリーは一方の手を出して、コルトレーンの手をさぐりあてた。この手の指が馬首を前に向けていてくれる。

「友として」と言ったのが最後になった。

かくして馬に乗って旧宅の前を通過するゴーリーには、精一杯の格好がついていたと言ってよい。

芝居は人生だ

The Thing's the Play

先日の晩、ある知り合いの新聞記者が二人分のフリーパスを持っているというので、昨今はやりのヴォードヴィル劇場なるものに行くことになった。

いくつかの演目の中にバイオリンの独奏があって、なかなか立派な男が弾いていた。まだ四十を出たくらいの年だろうが、たっぷりした髪には白いものが目立った。私は音楽を好む趣味には罹患していないので、やかましい音の組み合わせは聞き流し、もっぱら男の様子を見ていた。

「ひと月かふた月前になるが、あの男については、ちょっとした経緯があったんだ」と記者が言った。「それを取材しろってことになってね。コラムの長さで、おもしろおかしく仕立てるというお役目だ。おれは市井の出来事を愉快に読ませることにかけては編集長の覚えがめでたい。いまだって滑稽な芝居を書こうとしてるくらいでね。それでまあ、劇場に出向いてあれこれのネタを仕入れたんだが、どうにもならなかったんで、仕方なくイーストサイドの葬式を笑い話にして代用した。どうしてか？　おれのお笑い芸ではつかみきれない事情があったってことかな。どっちかというと悲劇なんだよ。小さい一幕物の悲劇なら書けるかもしれない。聞き込んだ話を教えようか」

その晩の芝居が跳ねてから、記者である友人は、ヴュルツブルガーのビールを飲みながら、事の次第を話してくれた。

「そういうことなら——」最後まで聞き終えて私は言った。「抱腹絶倒の喜劇になりそうじゃないか。いまの話に出てきた三人が、もし役者として舞台に出たとしても、それ以上の奇妙奇天烈な芝居はできなかったろうね。こう言っちゃ何だが、舞台はみな世界で、役者だって人間なんだ。人生があって芝居になる。シェークスピアとは逆のことを言わせてもらうぜ」

「じゃ、やってみろよ」記者は言った。

「よかろう」というわけで、やってみた。この素材でもユーモラスに書いて紙面を埋められただろうに、という証明である。

アビンドン・スクエアに近い一棟の家。その一階に、かれこれ二十五年は小さな店があって、玩具、雑貨、文房具を売っている。

いまから二十年前の、ある夜のこと。二階で結婚式があった。この建物は住居も店舗も持ち主はメイオー夫人といって、すでに夫はなくしたが、娘のヘレンが挙式の日花婿はフランク・バリーという男で、その友人代表として付き添ったのがジョン・デレイニーだった。ヘレンは十八歳。朝刊に写真が載ったこともある。すぐ隣にはモンタナ州ビュートの「殺人鬼は女だった」という見出しがあったが、もし視力と常識を働かせればヘレンとは関係ないとわかる。拡大鏡を取り出して写真の下の細かい字を見ると、ロウアー・ウエストサイドの小町娘の一人として出たのだと読めた。

フランク・バリーとジョン・デレイニーは、やはりウエストサイドで「いい男」として知られる親友同士なのだった。いざ幕が開けば、そういう二人は喧嘩になる、というのが予想される筋書きだ。ふだん上等な席で芝居を見る、小説を買って読む、という人ならば、そのくらいの見当はつくだろう。この物語としては笑える設定の一番手だ。どちらもヘレンの愛を得ようと大変な競争をした。勝ったのがフランクだ。ジョンは握手をして、おめでとうと言った。そこまでに嘘はなかった。

式を終えて、ヘレンは三階へ上がって帽子をかぶった。旅行用のドレスで挙式していたのだ。これから出発して、ヴァージニアの岬へ一週間の新婚旅行に行く。階段下ではがやがやと騒がしい貸間の住人たちが、古い深靴と紙袋に挽き割りトウモロコシを入れて待ちかまえていた。

するとΞ階の非常口が揺さぶられ、飛び込んできたのが恋に狂ったジョン・デレイニーだった。乱れた前髪がぺったりと額に落ちかかっている。なくした恋だというのに性懲りもなく求愛をたたきつけ、いっしょにリヴィエラへ、いやブロンクスでもよい、あるいはイタリアの青空と甘美なる無為がある古い町へでも、とにかく逃げよう、駆け落ちだ、と必死になってかき口説いた。

これをヘレンが断固として拒絶するのを見たら、バリーは有頂天になったろう。火の出るような女の眼光に、男がたじたじとなったのだ。そんな言い方をされる覚えはない、何のつもりか、と問い詰める。

それで男もおとなしくなった。猛った男心という憑き物が落ちたようだ。しょげ返って頭を垂れ、「つい衝動に負けて」とか「ずっと心の中に思い出を」とかぐずぐず言っているので、ヘレンはさっさと非常口を下ってお帰りをと言った。

「どうせなら」ジョン・デレイニーは言った。「世界の果てまで行ってしまいたい。この近くにいて、きみが人のものになったと思いながら生きていたくない。アフリカへ行ってしまいたい。ここではない場所でどうにか――」

「どうでもいいから出てって。こんなところ人に見られたらどうするの」

男が片膝を突いたので、彼女も別れのキスくらいはさせてもよいと思って、白い手の一方を差し出した。

さて、世の女性たちよ、かの小さな巨神キューピッドに、これほどの果報を恵んでもらったことがあるだろうか。つかまえたい男はしっかりとつかまえた。いらないと思う男は髪を振り乱してやってきて膝を突き、アフリカへ行くだの何だのと口走るが、しかし何があっても心に秘めた愛は永遠の花として咲き続けるとも言っている。それほどに女の実力を嚙(か)みしめて、すでに幸福を確保した甘い実感があって、失意の男は遠い異郷へ去らせるとして、その最後のキスを受ける手を見ながら、爪(つめ)の手入れは万全だわと喜んでいられる——というのなら女の至福だろうが、しかし、幸せがすり抜けていかないように気をつけることだ。

こうなれば、もちろん——わかってました？——ドアが開いて、花婿がつかつかと入った。いつまでも紐(ひも)を結んでもらっているらしいボンネットに嫉妬(しっと)して見に来たのだった。

ヘレンの手に別れのキスが押しつけられ、窓から飛び出して非常口をすっ飛んで降りていったのが、アフリカ行きのジョン・デレイニーだ。

このあたりで音楽の効果などいかがでしょう。スローテンポで、かすかにバイオリンが鳴り、クラリネットがそっと息を入れて、チェロが低音を添える。そして舞台では、フランク・バリーが白熱して、死にそうに傷ついた男の叫びを発している。ヘレンは彼にしがみついて懸命に説明をする。だが彼は肩にかけられた女の手をつかんで、一度、二度、三度、ぐらりぐらりと揺さぶるうちに——というあたりの演出は舞台監督にまかせるが——突き飛ばされた彼女は、あえなく倒れて縮こまり、嘆きの声を洩らす。もう二度とおまえの顔など見るものかと言い放った男は、びっくりして目を丸くする招待客をすり抜けて、この家を飛び出す。

さて、実際には芝居ではなく人生であるのだから、ここからの休憩時間に、観客は世界というロビーへ出ていって、結婚したり、死んだり、白髪が増えたり、金持ちにも貧乏にも、また幸せにも悲しくもなっていただこう。この幕間は二十年かかるので、次に幕が開いたら二十年後ということになる。

バリー夫人は、あの店舗兼住宅を引き継いで暮らしていた。三十八歳になった現在でも、もし美人コンテストに出たら、部門賞でも総合成績でも、そこいらの十八歳では歯が立つまい。結婚式の茶番を覚えている人は、もう少なくなった。だが夫人はあえて隠し立てをしない。芳香剤、防虫剤の下に詰めるのではないが、さりとて雑誌に売り込もうとするはずもない。

ある日、よく用箋とインクを買いにくる中年で高収入の弁護士が、店のカウンター越しに結婚を申し込んだ。

「ありがたいお話ですけれど」ヘレンはさらりと明るく言ってのけた。「二十年前に一度結婚してますの。人並み以下のお馬鹿さんでしたが、いまでも忘れていません。式のあと三十分くらいでいなくなって、それっきり会ってないんですけどね。インクは複写用になさいますか？　それとも普通の筆記用？」

弁護士はカウンターをはさんで古風に頭を下げ、ヘレンの手に礼儀正しくキスをして去った。ヘレンに溜息が出た。別れの挨拶というのは、どれだけロマンチックでも、どこか無理があるのかもしれない。三十八になったヘレンは、いまなお美しく、そのように思われてもいる。それでいて彼女を愛する男たちは、彼女を詰るような気持ちになって別れていく。しかも、今度の場合は、店の客を一人なくすことでもあった。

だんだん店の景気が悪くなって、「貸間あり」の掲示が出た。三階の大きな部屋を二間ととのえて、よさそうな間借り人を置くことにしたのだった。入居者の出入りはあったが、出ていく人は残念そうに出ていった。バリー夫人の家は、さっぱり清潔で、品のよい住み心地だったからである。

ある日、ラモンティというバイオリン弾きが表側の部屋を借りた。アップタウンの喧騒は耳障りでたまらないというので、友人に勧められて移ってきた。ここなら騒音砂漠のオアシスというべき家だった。

ラモンティは年のわりに若い顔立ちをして、眉の色は濃く、短い茶色の髭が異国風にぴんと張って、白髪まじりの髪は立派なもので、いかにも芸術家らしい性分である――というところが気軽な取っ付きやすさとして現れて、このアビントン・スクエアに近い古い家では喜ばれる間借り人となった。

ヘレンは店の上の二階に暮らしていた。この階はめずらしい設計になっている。廊下のスペースが大きくて、四角形と言ってもよいくらいだ。一方の壁に始まるオープン階段が、突き当たりの壁で曲がって三階に行く。この共通スペースにヘレンは家具を持ち込んで、応接間を兼ねた事務室にしていた。机があって商用の手紙を書く。夜には暖かい火が燃えて、赤い光が灯って、彼女が裁縫や読書をした。ラモンティは、ここの雰囲気がすっかり気に入って長居をするようになり、パリの素晴らしさを話して聞かせたりした。かつてパリで修業して、ひどく大きな音で弾き鳴らす人に教えを受けたという。

さて、第二の間借り人もいた。年の頃は四十代の初め、なかなかの男っぷりで、ふと憂いの色も見せる。茶色の髭が謎めいて、へんに訴えかけるような忘れがたい目をしていた。この男もヘレンとの交流を望ましいものと見なした。ロミオのような目をして、オセロのような弁舌を用いて、遥かなる異郷の物語で女心に誘いをかけ、さりげなく気を引こうとする。

当初からヘレンは、この第二の男がいると、どきどきと胸が騒いだ。その声を聞けば、若かりしロマンスの日々に引き戻されるような気がする。こんな感覚が高まって、歯止めがきかなくなった。あの昔のロマンスにも一役買っていた人物ではないかという直感さえ働いてしまった。こうなると女の理屈が出る（そういうことが女にはある）。まともな常識も論理も一気に跳び越えて、きっと夫が戻ってきてくれたのだと考えた。彼の目の中には愛がある。女なら見誤るはずがない。また後悔する心の重さがずっしりと千トンもありそうで、そうなると見ているだけで気の毒になって、そうなると愛に応えたいと思うまでは至近距離で、そうなると……と際限もなく続きそうだ。

だが彼女はそんな素振りを見せなかった。二十年も帰りそうで帰らなかったのに、ひょっこり帰って来れば、スリッパをならべて待っていてもらえる、葉巻に火をつけるマッチが出てくる、と思ったら大間違い。まず罪を償わせ、釈明させる。たぶん叱りつけたりもする。しばらくは悔悟の見習い期間を置いて、しっかりと反省の色が見えたら、煉獄から天国へと待遇を変えてやってもよい。そう思って彼女は何も気づかない振りをした。

こうなっているというのに、わが友なる新聞記者は、おかしな話とは思えないと言う！　もし大笑いの滑稽話に仕立てるのが任務なら——いや、仲間にケチをつけるのはやめて、このまま先へ進むとしよう。

ある晩、ラモンティが廊下の応接事務室へ来て、芸術家らしい情熱を迸らせ、やさしく激しく愛を語った。その言葉は炎となって燃えている。夢を見ながら現実にも生きる男が心に灯らせた聖火だった。

そんなこと急に言われても、と彼女が咎めるよりも早く、彼は話を続けていた。

「答えをもらう前に言わなきゃいけないことがある。僕はラモンティという名前を名乗るしかないんだ。マネージャーがつけた名前でね。本名も出身地も自分ではわからない。目を開けたら病院にいた、というのが最初の記憶になってる。まだ若かった。かなり長いこと病院にいたらしい。その前にどんな暮らしをしていたのか、僕にとっては空白でしかない。頭に怪我をして街路に倒れていたのを発見され、救急車で運ばれたんだと聞いている。倒れた拍子に頭を打ったと判断された。身元のわかるものはなくて、いまでも記憶は戻らない。病院を出されてから始めたバイオリンが、どうにか物になって暮らしてる。ミセス・バリー——というお名前でしか知らないけれど

――愛してますよ。一目見たときから、僕にはこの世界にたった一人の女性だと思った。それに――」と、まあ、そんなような話が大量に投下された。

ヘレンは、もう一度若い女になったような気がした。まず自尊心の波が押し寄せて、いくらか虚栄心をくすぐられる感覚にも見舞われた。それからラモンティの目を見たら、とんでもない衝撃がどきんと心臓を貫いた。こんな鼓動は予想外だ。びっくりした。この音楽家が人生において大きな存在になっていたのに、そうと気づいていなかった。

「ラモンティさん」という言い方には悲しいものがあった（念のため言うが、これは舞台上の芝居ではなくて、アビンドン・スクエア近辺の古い家でのことである）。「すみません、これでも夫がいるんです」

そして彼女は生涯の悲話を語った。ヒロインであるからには、劇場支配人か新聞記者か、どっちが相手でも早晩打ち明けることになろう。

ラモンティは彼女の手をとり、頭を下げてキスをして、自室へ上がった。

ヘレンは椅子（いす）に坐（すわ）って、悲しい目で手をながめた。無理もない。この手に三人の求婚者がキスをして、三人とも赤っぽい駿馬（しゅんめ）にまたがって走り去った。

一時間後、今度は、忘れがたい目をした謎の男が来た。ヘレンは柳細工のロッキングチェアで、使う当てもない編み物をしていた。男は階段を上がろうとしていた方向を急転換して、しばらく話し込もうとした。テーブルをはさんで坐った男が、これまた愛の言葉を吐露するにおよんだ。そうしておいて「覚えてはいないかな、ヘレン」とも言った。「きみの目を見て、これならば、と思ったんだ。もう昔のことを許した上で、二十年も続いた恋だったと考えてもらえないだろうか。ああやって心に深傷(ふかで)を負わせて——もう合わせる顔がないとは思ったが——つい恋しさに理性が潰(つぶ)されてしまった。許してもらうことは、できないだろうか？」

ヘレンは立ち上がった。その一方の手を、謎の男がふるえる握力でつかまえた。

こうして立つ彼女を見ると、これほどの場面を持つにいたらず、この感情を描き出すこともなかった劇場なるものが気の毒になる。

いま彼女は心が二つに割れていた。初々(ういうい)しい乙女が花婿に捧(ささ)げた愛は、いまでも彼女のものである。初めて選んだ愛の、大事な宝物のような神聖な記憶が、魂の半分に充満している。この純粋な気持ちに寄り添いたい。名誉、誠意、いつまでも甘美なロマンスが、そっちの半分に彼女をつなぎとめる。だが、もう半分には、新しい別物が満ちていた。あとから出てきて、ふっくらして、いまの自分に近いところから押してくる。というようにして古いものが新しいものと争った。

彼女が決心をつけかねていると、上の部屋から聞こえたのが、やわらかに切々と訴えるバイオリンの音である。音楽という魔女は、どんな気高い心でも蕩(とろ)かすことがある。もし心をさらけ出すとして、袖口あたりに置いたらカラスに突つかれるかもしれないが、でも無事にすむことだってあるだろう。だが、もし鼓膜の上に置いたら、かなりの衝撃は免れない。

この音楽、また弾いている演奏家が、彼女に語りかけるようだった。一方で、名誉を守って昔の愛を貫く心が、逆の力をかけていた。

「どうか許してほしい」ここにいる男が言った。

「二十年は長いわね」いくらか懲らしめるように彼女は断じた。「愛していると言いながら、そんなに離れていたなんて」

「どう言えばわかってもらえるか——。もう包み隠さず話そう。あの晩、出ていった僕は、あいつを追った。嫉妬に狂っていたんだ。暗い道でやつを見つけて殴った。起き上がらないので調べると、倒れた拍子に頭を石にぶつけていたらしい。殺すつもりまではなかった。愛と嫉妬に狂っただけだ。そのあたりに隠れて救急車を見送ったよ。なあ、ヘレン、あいつと結婚したとはいえ——」

「どっちなの?」女は叫んだ。大きく目を見開いて、手を引っ込めている。

「覚えてないのか、ヘレン――いつだって誰よりもきみを愛していた男だ。ジョン・デレイニーだよ。もし許してくれるなら――」

だが彼女はいなくなった。階段を大急ぎで転びそうに飛び跳ねて、音楽と演奏家をめざして駆けていった。その男は記憶をなくしたが、どちらの人生にあっても彼女が自分にふさわしいと見定めた。あたふたと這(は)うように階段を上がる彼女は、泣きだして、泣きわめいて、声を上ずらせた。「フランク！　フランク！　フランク！」

こうして三人が長い年月をかけて運命に弄(もてあそ)ばれ、ビリヤードの玉のように動いた。それなのに、わが友なる記者は、笑い話とは思えないと言う！

心と手

Hearts and Hands

デンバー駅では乗り込んでくる客が多かった。東へ向かうB&M急行の列車である。その一輛に愛くるしい美人の客が坐っていた。上品な服装をして、旅慣れているらしい手回り品も贅沢なものである。いま乗ってきた客の中に、二人の若い男がいた。一人は顔つきといい身のこなしといい堂々とした男前だ。もう一人はむさくるしくて人相に陰があり、ずっしり重そうな身体が粗野な衣服をまとっていた。この二名は手錠でつながっている。

いくらか通路を歩いて空席をさがすと、どうやら美人と向かい合わせに坐るしかなさそうだった。手錠の二人が腰を下ろし、女は何気なく目を走らせただけだったが、はっと気づいた顔になって、かわいらしい笑みを輝かせ、ふくよかな頬をほんのりと染めて、グレーの手袋をした小ぶりな手を差し出した。それから話しだした声は、きちんとした発音で、やさしくも明瞭にも響いて、人に話を聞かせることに慣れているように思わせた。

「イーストンさんですよね。どうしても自分からは口をきかないというのでしたら、私から先に言わせてもらいますよ。西部に来ていると、昔の知り合いはすっかりお忘れでしょうかしら？」

この声を聞いた男はびくんと反応して、いささか決まりが悪かったようだが、そんなものを振り払ってから、左手を出してしっかりと女の手を握った。

「フェアチャイルドさんでしたか」男も笑顔になった。「こんな握手で申し訳ない。いま片手がふさがっているので」

そう言うと、わずかに右手を上げてみせた。これは連れの男の左手と、金物の輪でつながれている。いま喜色を浮かべたばかりの女の目に、じわじわと不安が募った。頬の明るさも消えた。呆然（ぼうぜん）として口元が緩んでいる。イーストンが苦笑いで話しだそうとすると、別の一人に先を越された。この陰険な顔の男は、さりげない目配りで、ずっと女の表情をうかがっていたのだった。

「お話し中、すみませんがね。どうやら保安官とお知り合いのようだ。ご面倒ながら、頼んでみちゃくれませんか。いまから行く先で、ちょっとでも保安官から口添えしてもらえると助かるんで、そう願えるように言ってもらいたいんですよ。これからレヴンワースの刑務所へ案内していただきますんでね。通貨偽造により七年だそうで」

「まあ！」女は、ほうっと息をついて、顔色を戻した。「じゃあ、いまのお仕事はそういうことなんですね。保安官になった！」

「いやあ、フェアチャイルドさん」イーストンは、もう慌てなかった。「どうにかしないといけなかったんですよ。金なんて羽が生えて飛んでいくものです。ワシントンで人に伍していくには金がかかりますからね。こんな仕事口なら西部にあると思って――そりゃまあ、たとえ保安官になったところで、どこぞの大使さんほどには偉くありませんが――」

「あの方でしたら――」女の口調が熱を帯びた。「もう訪ねては来られません。もともと来なくてもよかったんです。そのようにお考えください。で、ともかく、いまは西部で勇敢にご活躍なんですね。馬に乗って、銃を撃って、危ないところへ飛び込んでいく。ワシントンでの生活とはずいぶん変わりましたのね。いなくなってそれっきりだったじゃありませんか」

すっかり釣り込まれた女の目が、やや見開きながら、光沢を放つ手錠に戻った。

「こんなものにはお構いなく」連れの男が言った。「保安官なら当然ですよ。逃げられちゃいけないんで、こうやって手をつないで連行するんです。それくらいイーストンさんも心得てらっしゃる」

「また近いうちにワシントンでお会いできますか？」女はイーストンに言った。

「いや、すぐというわけには――。蝶みたいに飛びまわれる日々は終わってます」

「西部っていいところですね」女は見当違いなことを言いだした。目にやわらかな光が出て車窓から外を見る。まったく素朴な、体裁をつくろわない話になった。「この夏は母とデンバーに来てましたの。父の健康がすぐれないということで母は一週間前に先発して帰ったのですが、私はずっと西部で暮らしてもいいと思うくらい。こっちの空気が合うのかしら。お金がすべてじゃありませんものね。よく世間の人は誤解して、あいかわらずの馬鹿なことを――」

「さて、保安官さん」暗い顔つきの男が、どすの利いた声を出した。「もう勘弁してくださいよ。さっきから飲みたくてうずうずしてるんだし、きょうはまだ一服も吸ってねえんだ。お話は充分しましたでしょう。そろそろ喫煙車に行かせてもらえませんかねえ。吸いたくって死にそうですぜ」

手錠でつながった二人が立ち上がった。またイーストンの顔にじんわりと笑みが浮いている。

「喫煙の請求を拒むわけにはいかないんです」さらりと言ってのけた。「こんな境遇のやつには、それだけが楽しみなんですよ。では、さようなら、フェアチャイルドさん。お役目なんで、失礼いたします」それでもう別れの挨拶として手を差し出した。

「東部まで行かれないなんて残念ですけれど」女は体裁のよい言い方に戻った。

「行き先はレヴンワースでしたね」

「ええ」イーストンは言った。「そういうことになってます」

二人の男が横歩きに通路を抜けて喫煙車へ行った。ほど近い座席にいた二人の乗客が、いまの話をあらかた聞いていた。その一人が言った。「あの保安官、なかなかやるじゃないか。ああいうやつが西部にはいるんだな」

「まだ若いのに保安官とはなあ」二人目が言った。

「若いのにな！」一人目は感心したような声を出したが、「おや――ひょっとして、わかってないのか？　おいおい、自分の右手がきかないように手錠を掛ける保安官が、どこにいるんだ」

高らかな響き

The Clarion Call

この物語は、半分は警察の資料にまぎれているかもしれないが、半分は新聞社のどこかに保管されているだろう。

百万長者のノークロスが強盗殺人の被害者になってから二週間たった日の午後に、悠然とブロードウェーを歩いていた犯人が、バーニー・ウッズ刑事とばったり出くわした。

「おや、ジョニー・カーナンじゃないか?」ウッズは、五年前から、近づく人の顔に目をこらすようになった。

「そうさ、誰かと思えば、だろ」カーナンは陽気に受けた。「そっちこそバーニー・ウッズ。ずっとセント・ジョーの町にいたやつが、いったいどういうことなんだ。まさか東部に来てるとはな。あっちにも贋札詐欺（にせさつさぎ）のチラシが飛んで誘い出されたか」

「もう何年かニューヨークにいるよ」ウッズは言った。「いまは市警で刑事をやってる」

「ありゃりゃりゃ」カーナンはおもしろがった笑い声を吐き出し、刑事の腕をぽんぽんたたいた。

「カフェにでも行こう」ウッズが言った。「落ち着けるテーブルをさがして、しばらく話そうじゃないか」

まだ四時にもなっていない。仕事の潮が退くには早いので、まだ店内には静かな一角が空いていた。身なりがよくて肩で風を切るようなカーナンが、小柄な刑事と向き合って坐った。その刑事はというと、髭が薄茶色で、目がしょぼついて、着ているものはウールの既製服だ。

「いまの商売は？」ウッズが言った。「おれよりも一年前に町を出たんだったな」

「さる銅山の株を売ってる。こっちにオフィスを構えてもいいと思ってるよ。しかし、まあ、昔なじみのバーニーが、いまじゃニューヨークの刑事か。もともと向いてたのかもしれないな。おれが出てから、たしか地元の警察にいたんじゃなかったっけ」

「六カ月いた。じゃあ、もう一つ聞いていいか。おまえがサラトガのホテルでやらかした一件以来の記録を、じっくり調べさせてもらった。銃を撃つような荒っぽい仕事ぶりはなかったじゃないか。なぜノークロスを殺したんだ」

カーナンは目を見開いて、ハイボールに入れたレモンの切片をにらんでいたが、まもなく刑事に目を上げて、ねじれた薄笑いで顔を明るくしていた。

「どうしてわかった?」と感心したように言う。「たまねぎの皮を剝(む)いたみたいに、つるんときれいな仕事だと思ってたぜ。どっかに糸口になるものを残したのかな」

ウッズは短い金色の鉛筆をテーブルに置いた。本来なら時計の鎖につけて飾りにするものだ。

「おれたちがセント・ジョーにいた最後のクリスマスに、おまえに贈ったプレゼントだ。おまえにもらった髭剃(ひげそ)り用のマグは、いまでも持ってるぞ。この鉛筆が、ノークロスの部屋のラグの隅にもぐっていた。いまからは発言に気をつけるよう言っておいてやる。おまえの仕業だな、ジョニー。たとえ昔の友だちでも、おれだって務めは果たさないといかん。ノークロス殺しの罪で電気椅子(いす)を覚悟しろよ」

カーナンは笑った。

「まだまだ運に見放されちゃいねえようだ。追っかけてきたのがバーニーとは、こんなこともあるんだな」そう言って片手を上着の下にすべらすので、とっさにウッズも拳銃(けんじゅう)を腰に引きつけて構えた。

「よせよ」カーナンは、ふんと顔をしかめた。「ちょっと確かめてるだけさ。あ、やっぱり！　仕立屋は九軒まわらないとだめだって言うが、とんでもねえことは一人でもやってくれる。チョッキのポケットに穴が空いてるぜ。その鉛筆は、もみ合いになるといけねえと思って、わざわざ鎖からはずしてポケットに入れたんだ。いいから飛び道具はしまっとけよ。ノークロスを撃ったのは仕方のねえことだ。あの馬鹿め、おれを追って廊下へ出てきやがった。ちゃちな二二口径で、うしろから撃ってくるんで、背中の飾りボタンに当たってたぜ。だったら撃ち返さなくちゃ事はおさまらねえ。なかなかの女房がいたっけ。ベッドを出ようともせず、泣き言ひとつなしに一万二千ドルのダイヤのネックレスを見送っていた。そのくせ、ちっぽけな金の指輪に石榴石をくっつけた三ドルばかりの品物には、どうしても返してくれと必死になった。たぶん金のためにノークロスと添うことになったんだろうが、それで泣さを見た男にもらった安物には愛着があるってもんだろうな。あとは指輪が六つ、ブローチが二つと、帯飾りにつける時計で、一万五千ドルってとこか」

「おしゃべりは要注意だと言ったぞ」

「いいや、かまわん。スーツケースに入れてホテルに置いてある、なんてことを言ってるわけを聞かせようか。言っても安全だからだ。おしゃべりの相手は、知らないやつじゃない。そのバーニー・ウッズってやつは、おれに千ドルの借りがある。このまじゃ逮捕したくたって手が出せまい」

「ああ、忘れてやしないさ。五十ドル札を二十枚、何にも言わずに出してくれたな。

いずれ返すと決めている。あの千ドルで救われたんだ――うちへ帰ったら、もう家財道具を運び出されるところだった」

「となると――」カーナンは先を言った。「バーニー・ウッズという男は、鋼鉄なみに堅くできていて、正々堂々の戦い方をする昔気質なのだから、借りのある恩人には指一本ふれるわけにいかねえな。まあ、この商売やってると、ピンタンブラー錠や窓の補助錠を知らなくちゃならねえが、人間の性質を調べることだって大事なんだぜ。じゃ、いまからウェーターを呼ぶんで、しばらく黙ってろよ。この一年か二年、やけに飲みたい気分になるんだ。もし逮捕されるようなドジを踏むとしたら、刑事の手柄ばっかりじゃなくて酒のせいってことにもなるだろう。といって仕事中は絶対に飲まねえ。だが仕事の話が終われば、すっきりした心地で昔なじみのバーニー・ウッズと仲良く飲むこともできる。おまえは何にするかい?」

ウェーターが来て、デカンタとサイホンを置いていった。

「うまく読んだな」ウッズは人差し指を出して、じっくり考えるように小さな鉛筆を転がした。「見逃すしかないか。たしかに手は出せん。あの金を返していたらどうなったことか――だが返していないものは仕方ない。まずい例外だが避けられんよ。おまえには世話になったから、おれも同じことをするしかなさそうだ」

「そう来ると思った」カーナンは、してやったりの得意顔で、ひょいとグラスを持ち上げた。「人を見る目はあるつもりだ。じゃあ、バーニーに――そうさな、いいやつだ、仲間だ、ってことで乾杯」

「とは言いながら」ウッズは考えごとが口に出たように静かな言い方をした。「もし清算が済んでるんだったら、ニューヨークの銀行という銀行の金を積まれても、取引には応じないね。今夜はどこへも逃がしゃしないだろう」

「ところが、そうはいかねえんだよな」カーナンは言った。「だから、おまえなら安心なんだ」

「どうも因果な商売で」刑事の話が続いた。「この仕事をやってると、斜めに見られるのが当たり前。芸術家、専門家なんてのと同列に扱われるもんじゃねえ。だがな、おれだって阿呆(あほ)らしいプライドがあってやってるんだ。そこんとこで運の尽きなんだろうがな。まずは人間だよ。刑事はその次だ。おまえは見逃すしかないが、そのあとで警察は辞める。急送便の馭者(ぎょしゃ)にでもなるかな。千ドルを返す見込みも遠ざかる」

「ああ、そんなのはいいさ」カーナンは太っ腹な態度をちらつかせた。「いっそ帳消しにしてやってもいいんだが、それじゃ気が済まねえんだろう。おまえに借りてもらったのが、おれの幸運だったんだな。じゃ、この話は終わりだ。あすの朝、西部への列車に乗るぜ。あっちへ行って、ノークロスの家から持ってきたお宝を換金する。まあ、飲めよ、バーニー。憂（う）さ晴らしになる。警察の連中は雁首（がんくび）そろえて難事件に大弱りだろうが、こっちは祝い酒さ。きょうもまた飲みたい夜になる。喉（のど）の渇きはサハラ砂漠だ。しかし、おれをつかまえたのは役人とも言えないような昔なじみのバーニーだからな。お巡りなんて今夜は夢にも出やしねえ」

それからカーナンの指がひっきりなしに動いて、呼び鈴とウェーターが酷使されるにつれ、この男の弱点が――つまり、とんでもない自惚（うぬぼ）れ、我の強さが、むくむくと頭を持ち上げた。連戦連勝、智謀（ちぼう）知略、悪逆非道の数々を語りだして、さんざん悪人を見てきたウッズとしても、かつて恩に着たとはいえ、何と見下げ果てたやつであることかと、ぞっとする嫌悪（けんお）感を覚えていた。

「どうせお払い箱になる男だが」ようやくウッズは口をきいた。「当分はおとなしく隠れてるのが身のためだと言ってやるよ。今度の一件は新聞が書き立てるかもしれない。この夏、強盗や殺人がニューヨークに蔓延（まんえん）したからな」

そう聞いたカーナンは、かっかと怒って、恨みでもあるように息巻いた。

「何が新聞だ、この野郎。でかい見出しをつけて、あれこれ吹聴しやがって、やってることは銭儲（ぜにもう）けだろうが。もし新聞が事件を取り上げるとして、どんなことになる？

警察は単純に甘っちょろいだけだが、新聞は何をやらかす？　ぼんくら記者を頭数だけそろえて現場へ行かせるんだ。そいつらは近所の酒場でビールでも喰らいながら、バーテンの娘の中から年かさの子を借りて、イブニングドレスを着せて写真を撮る。これが十階に住む若い男の婚約者ってことになって、その男は殺人の夜に下の階で物音を聞いたような気がするというんだ。犯人に迫る取材ってのは、そんなようなもんだぜ」

「さあて、どうなのかな」ウッズは考えをめぐらした。「うまいこと迫った事例もあるぞ。たとえば『モーニング・マーズ』だ。二つ三つの手がかりをたどって、警察があきらめても、まだ追いかけて、ついに犯人にたどり着いた」

「じゃあ、見てろよ」カーナンは席を立って、ふんぞり返った。「おれが思うに新聞とはどんなものか、とくに『モーニング・マーズ』とやらがどうなのか、いま見せてやる」

電話ボックスは、テーブルから三フィートしか離れていなかった。そのドアを開けたまま、カーナンは電話の前に坐った。電話帳で番号を調べ、受話器をはずして交換台に取り次がせる。ウッズはじっと静かに坐って、この男の顔を見ていた。にやりと笑った冷たく用心深い顔が、これからの通話にそなえている。ねじくれた嘲笑(ちょうしょう)の形に曲がった残忍そうな薄い唇から出る言葉に、ウッズは耳をそばだてた。

「ああ、『モーニング・マーズ』かな？……編集長さんにお話があるんだが……そうだな、ノークロス殺しの件で聞いてもらいたいことがあるんだと言えばいい。あんたが編集長？……まあ、いいや……じつはノークロスを殺した犯人はおれなんだ……おい待てよ、切るんじゃねえ、いたずら電話とは違うんだぜ……危ないことなんかありゃしねえよ。いままで知り合いの刑事と、その話をしてたんだ。おれは午前二時三十分に老いぼれを殺した。あすで二週間になる……お飲みになりますか？　ばか言え、そういう冗談は仲間内でやってろ。いま虚仮にされてるのか、三流新聞が初めてスクープをつかめそうなのか、それくらいわかりそうなもんだ……そりゃまあ、スクープとしちゃあ半端なもんかもしれねえが——まさか本人が実名と住所を名乗るかよ……え、なんでか？　あんたとこは警察もお手上げの難事件を解決するって聞いたからさ……いや、それだけじゃねえよ。嘘だらけの腐れ新聞ごときに、知恵のまわる殺人強盗の犯人がつかまるわけがねえってことを教えてやりてえんだ……なに？……そうじゃねえ、ライバル紙の編集部であるもんか。こっちの話に嘘はねえ。おれが真犯人なんだぜ。いただいた宝石類はスーツケースに入れて、さるホテルに置いてある。ホテル名は、いまだ判明していない、ってことにしようか。な、そうだろ、あんたらの決まり文句だ。判明しないことばっかりだな。どうだい、びくついてるんじゃねえか？　社会の正義を守る強力な一大組織のはずなのに、謎(なぞ)の悪人から電話を受けて、どうしようもねえホラ吹き新聞だと図星を指されちまったらなあ……よせやい、そこまで馬鹿じゃなかろうに――詐欺だと思われちゃ困るぜ。いや、声でわかるさ……あのな、だったら、ひとつ証拠になることを言ってやろうか。もう優秀な若手のお馬鹿さんたちに調べさせてわかってるだろうが、被害者の女房のナイトガウンは第二ボタンが半分欠けてるぞ。石榴石の指輪を抜き取ったときに見てるんだ。てっきりルビーかと思ってなあ……おい、よせって、無駄だよ」

カーナンがウッズに向けた顔には、悪魔じみた笑いが浮いていた。

「どうやら乗ってきやがった。すっかりその気だぜ。受話器を手で押さえたつもりなんだろうが筒抜けだ。交換に問い合わせて、この番号を突き止めろなんて言ってる。もう一回いたぶってから、おさらばするとしよう」

「もしもーし……ああ、まだ切ってねえよ。たかが無節操な御用新聞のくせしやがって、おれが逃げ出すとでも思ったかい？……四十八時間以内につかまえてやる？　だから冗談はよせって。じゃあな、もう大人の話には首を突っ込むんじゃねえぞ。くだらん離婚沙汰(ざた)や市電事故でも追っかけてな。きたねえ噂をばらまいて、せいぜい稼ぐがいいさ。あばよ——すまねえが顔を出してやる暇はねえ。あんたらが頓馬でいてくれるおかげで、どこへ行っても安心だけどな。へへっ！」

カーナンは電話を切って、ボックスを出てきた。「ネズミを逃がした猫みてえにかっかしてやがる。さあて、バーニー、おれたちはショー見物でもしようか。そのあとは適当に寝ちまうだけだ。四時間も寝たら西部行きに乗る」

それから、あるブロードウェーのレストランで食事をした。カーナンはすっかり上機嫌で、王侯貴族の物語のように金に糸目をつけなかった。その次には奇抜な趣向のミュージカルコメディを見ておもしろがった。さらにグリルへ行ってシャンパンつきの夜食になり、いまやカーナンは得意の絶頂にあった。

そして午前三時半。ある終夜営業のカフェの一角で、カーナンはつまらない自慢話をだらだらと続け、ウッズは警察官として法を守る仕事は終わったと思って沈み込んでいた。

しかし考えているうちに、胸中に光が射して、ウッズの目が明るくなった。

「ひょっとすると、そうかもしれない」と思いついたことがある。「そう、かも、しれない！」

ほどなく早朝のカフェの外で、だいぶ静まっていた時間帯に、ごとごとと牛乳を運ぶ馬車、いまだ間遠な市電の音に紛れて、その静けさをそっと突くような呼び声が聞こえてきた。ホタルの光を音にしたように、ちらほら飛んでいるにすぎない。大きいもの、小さいもの。ふくらんだり縮んだり。だんだん近づいてきて、高く叫ぶ声とわかる。大都会で眠っていた何百万という住人が、これを耳にして目を覚まし、それぞれの意味で受け止める。小さいながら、どっさりと意味を背負い込んだ声なのだ。世の中の悲しみ、笑い、喜び、苦しみを運んでくる。かろうじて夜の暗闇(くらやみ)に逃げ隠れていた者には、おぞましくも明るい昼間の到来を告げている。幸せな眠りに包まれていた者には、漆黒の闇よりもなお暗い明け方を知らせる。金持ち連中にとっては、星が輝く夜のお楽しみを掃き散らしてしまう箒(ほうき)だろう。貧乏人にとっては——また一日というだけのこと。

　この都会のどこにでも呼び声は上がりつつあった。時間という巨大な装置の中で歯車がかちりと動いて定まった運命を、ぴんと張った声が触れ歩く。先のことなど露知らず眠っていた人々に、カレンダーの数字が一つ新しくなった結果として、応報、利益、悲嘆、報酬、不運を割り当てる。鋭くもあり悲鳴のようでもある声だ。叫んでいる若者が自身の手に余る大量の悪と少量の善を抱えて嘆いているかにも聞こえる。かくして運命を待つしかなくなった都会の街路に、神々の意向の最新版を伝える声が谺(こだま)

した。新聞売りの少年の声——高らかに響く報道の叫びだ。

ウッズは十セント玉をウェーターに投げ渡した。

「『モーニング・マーズ』を買ってきてくれ」

この新聞が来ると、まず第一面に目を走らせた。そしてメモ帳から一枚の紙を破いて、例の金色の鉛筆で何やら書きつけたことがある。

「きょうのニュースは何だ？」カーナンが欠伸（あくび）まじりに言った。

ウッズは書きつけたメモ用紙をはらりと投げてやった。

ニューヨーク『モーニング・マーズ』御中
私がジョン・カーナンの逮捕および訴追に対して受け取るべき一千ドルの賞金を、同人の請求に応じてお支払いくださるよう願います。
バーナード・ウッズ

「新聞なら、この手を使うかもしれないと思った。あれだけ遊ばれたんだからな。さて、ジョニー、署まで来てもらおうか」

ピミエンタのパンケーキ

The Pimienta Pancake

フリーオ川の低地でトライアングル・O・農場の牛をまとめる仕事をしていたら、メスキートの枯れ枝が出っ張っていて、うっかり木製の鐙を引っ掛けてしまい、結局、足首の捻挫で一週間はキャンプで静養ということになった。

さて、ぶらぶらして暮らすしかなくなった三日目だ。どうにか炊事馬車のあたりへ行って、のんびりした姿勢になったのはよいのだが、話し好きな料理番のジャドソン・オドムにつかまって、しばらく言葉の集中砲火を浴びていた。このジャドは口から先に生まれたようなやつなのに、運命というのは下手なことばかりするもので、たいていは話を聞かせる相手が出払っているという職業についていた。

そんなわけで、いつも無言なる砂漠にいるジャドには、おれが出てきたのは天の恵みとも思えたろう。

で、おれはというと、たまにはキャンプの食糧とは違うようなものを食いたいと、はかなき望みに駆られることがあった。母親の手料理の思い出がよみがえって、初恋のように「さばかり深き物思い」というやつだ。そこでジャドに言ってみた。

「なあ、パンケーキはできないか？」

するとジャドは手にしていた六連発を置いた。これはアンテロープの肉をたたくのに使おうとしてたんだが、おれを見下ろすように立った姿には、聞き捨てならないという凄味（すごみ）があった。その目つきを見たら、どうやら気に障（さわ）ったらしいことは、ますます歴然としていた。あの薄青い目に冷ややかな疑惑の色を浮かべて、じろりと睨（にら）みつけてくる。

「なんだと」いきり立つほどではないが、さりとて腹の虫がおさまらないことは隠さない。「いまのは素直に言ったのか、それとも突っかかってきやがったか。おれにパンケーキとの因縁があるってのを、ほかの連中に聞いたんじゃねえのか」

「そんなことはない」おれは正直に答えた。「言ってることに裏はないよ。こんがり焼けてバターのついたパンケーキが重なって、ニューオーリンズ特産、上等さとうきび伝統製法の糖蜜（とうみつ）なんてものがついてれば、こっちは馬に鞍（くら）をつけて交換してもいいんじゃないかと思ってる。パンケーキがどうかしたのかい？」

おれが当てこすりめいたことは言っていないとわかって、すぐにジャドも機嫌を直した。こんなのがあったかと思うような袋やブリキ缶を炊事馬車から出してくると、おれが寝転がっていた榎（えのき）の木陰に置いて、あわてることなく袋や缶をならべ換え、ぐるぐる巻いてあった紐をほどきだした。

「いや、どうという話でもねえんだ」手を動かしながらジャドは言った。「あとになってみりゃ理屈の通る種明かしさ。おれと、赤っぽい目をしたマイアド・ミュール渓谷の羊飼いと、ミス・ウィレラ・リーライト。そういう三人が出てくる。何なら話して聞かせてもいいぜ……」

おれは牛追いをしてたんだ。サンミゲル川のほうで、ビル・トゥーミーっていう親父さんに雇われてた。ある日、にわかに一念発起して、というか、まあ、どうしても食いたいという大望を抱いちまった。缶詰なんだが、モーともメーともブーとも鳴いたことのねえような、八クォートの枡に入ったこともねえようなもの。そこで荒馬にまたがり、颯爽と風を切って、ヌエセス川の「ピミエンタの渡し」に向かった。行く先はアンクル・エムズリー・テルフェアの店だ。

午後の三時頃には、手綱をメスキートの枝に引っ掛けて、最後の二十ヤードを歩いてエムズリーの店に入った。おれはカウンターに乗り上がって腰をかけ、いまから果実の収穫量が底を突くぜと言った。まもなくクラッカーの袋と、柄の長いスプーンを持ってたよ。すでにアプリコット、パイナップル、チェリー、プラムの缶が開いていて、次は黄桃の缶をエムズリーのおっさんが斧でこじ開けようとしていた。なんだかリンゴ騒動になる前のアダムみたいな気分になって、靴の拍車をカウンターにごりごり押しつけながら、二十四インチのスプーンを使ってたんだが、ひょいと窓の外を見たと思ってくれ。店の隣にエムズリーの家があって、庭があるんだ。若い女が立ってた。ちゃんと身なりが整って、どっから仕入れたんだと思うような女だ。クロッケーの木槌をおもちゃにしてたらしいが、おれがフルーツの缶詰産業を奨励するのを見ておもしろがった。

おれは、ずるっとカウンターから降りて、シャベルみたいなスプーンを店に返却した。

「姪なんだよ」エムズリーのおっさんが言った。「ウィレラ・リーライトっていうんだ。パレスティーンに住んでるんだが、いま遊びに来てる。どうだい、紹介してやろうか」

「ありがてえ」思わず口に出かかった。いや、考えることが取っ散らかって、出ないように追い込もうとはしたんだが、いくらか逃がしたかもしれねえ。「そうしてくれ。パレスチ……聖地――やっぱり天使はいたんだな。頼むぜ、アンクル・エムズリー」

このあたりは、しっかり声に出していた。「お目にかかれば、身に余る幸せ」で、エムズリーのおっさんに庭へ連れてってもらって、どっちからもどちらさんなのかわかることになった。

おれは女の前でも照れたりしねえんだ。たとえば朝飯前でも髭剃り前でも平気で馬を馴らしちまうようなやつが、キャリコの布を何かしらの中身にぐるっと巻いたようなのを相手にすると、からっきし意気地がなくなって、冷や汗かいて、くだくだ言い訳めいたことばっかり言いやがるのは、まったくわけがわからねえ。ものの八分かそこらで、おれはミス・ウィレラと二人、昔っからの親戚同士みてえに、クロッケーの球を追っかけまわしてた。すごい量の缶詰フルーツを食べてらしたのね、なんてことを言いやがるんで、こっちからも慌てることなく、たしかイヴなんていう名前の女がいましたよね、と混ぜっ返した。せっかく人類最初のフリーな牧草地があったってのに、女が果物で騒動を起こしちまって、「あれはパレスチ何とかいうとこじゃなかったっけ」と、一歳馬にロープを引っ掛けるくらい簡単に言ってやったよ。

と、まあ、そんな具合で、ミス・ウィレラ・リーライトとの心あたたまるお近づきを得て、また時間とともに、あたたまりの度が増したっていうことだ。この人は「ピミエンタの渡し」に泊まりに来ていた。その名目はっていうと、しばらく転地っていうことだが、しかし本人は健康そのものだったし、気候にしたって、こっちはパレスティーンよりも暑さが四割増しなんだけどな。おれは週に一度は馬を飛ばして会いに行くようになった。それから考えて、もし足を運ぶ回数が倍になれば、顔を見る回数も倍になるという名案にいたった。

ある週には、出かけるのも三度目におよんだんだが、それでパンケーキと赤目の羊飼いが、この話に飛び入りしやがることにもなった。

その日の夕方、おれは桃と二つのスモモを食いながらカウンターに坐(すわ)って、ミス・ウィレラはどうしてるかとエムズリーのおっさんに言った。

「ああ、あの娘なら」と、おっさんが言う。「ジャクソン・バードと馬で出かけたよ。マイアド・ミュール渓谷で羊飼いをやってる男だ」

おれは桃の種とスモモの種を二つ呑(の)み込んだ。すっ飛び降りたカウンターを、暴れねえように押さえてたやつがいるんじゃねえかと思う。一直線に歩いてって、馬をつないだメスキートの木に突き当たる。

「おい、馬でお出かけだとよ」と馬の耳にささやいた。「バードストン・ジャックとかいって、羊飼い渓谷で借りたラバ(ハイアド・ミュール)になってるやつがいる。わかったか、レザー・アンド・ギャロップス」

すると馬も馬なりに鳴いてくれたぜ。あいつだって牛を追っかけて育ったんだ。羊を飼う人間にはなつかねえ。

おれは店に戻ってエムズリーに言った。「羊飼いだって言ったよな？」

「ああ、言った。ジャクソン・バードって名前は聞いたことあるだろう。八平方マイルの牧草地に四千頭の羊を飼ってるんだ。北極圏から南じゃあ最高のメリノ種だぜ」

おれは外へ出て、店の日陰の地面に坐り込んだ。サボテンに寄りかかっていたよ。ぼんやりと砂をつかんでブーツにさらさら落としたりもしながら、ジャクソンなんて名前で飾った鳥のことを独演でぶつくさ言っていた。

おれは羊飼いを痛めつけようなんて、ついぞ思ったことがなかった。いつだったか馬に乗ってラテン文法の本を読んでるやつを見たが、どうという手出しもしなかった。カウボーイは羊飼いなんて気に食わねえというのが普通だが、おれは違う。あいつらがテーブルでものを食って、小っちぇえ靴をはいて、理屈っぽいことを言いやがるとしても、わざわざ打ちのめしてやれとは思わねえだろ。あんなのは野ウサギを見たも同然に、そのまんま遣り過ごしただけだ。ちょっとした口をきいて、空模様がどうこうと言ったりはしたが、さりとて水筒の中身を都合してやる仲にはいたらねえ。しいて喧嘩するのも面倒くせえと大目に見てやって、あっちも人間だと思ってたんだが、そうしたらどうだ、ミス・ウィレラ・リーライトと馬でお出かけと洒落込みやがった！

日没の一時間前に、二頭の馬が帰ってきて、エムズリーの店の前に止まった。降りようとする彼女に、羊飼いが手を貸してやる。しばらく二人が立ち話をして、快活な、また聡明な発言がかわされていた。それから飾り鳥のジャクソンがひらりと馬にまたがって、シチュー鍋みたいな帽子を高く持ち上げると、羊牧場の方角へ走り去った。このときには、おれもブーツに入った砂を落として、棘だらけのサボテンから身を離していた。それから男がピミエンタを出て半マイル行ったあたりで、おれは追いついて馬を寄せていた。

さっき羊飼いは赤っぽい目をしていたと言ったろう。だが違った。ものを見る仕掛けの玉はグレーと言っていいんだ。赤っぽいのは睫毛で、髪の毛は砂みたいな茶色だ。それで目が薄赤いと思わされたんだな。あれで羊飼いか？　せいぜい子羊の番でもしてるんだろう。首に黄色いシルクのハンカチなんか巻きやがって、靴の紐を蝶結びにしていた。

「よう、ちょっと待った」おれは声をかけた。「お見知りおきを願うぜ。まず間違いのねえジャドソンていう男だ。撃てば的を外さないんで、そういう名前で通ってる。いつも銃を抜く前に、あらかじめ挨拶することにしてるんだ。幽霊になったやつと握手するのは好かねえからな」

「そうですか」こいつめ、あっさりした言い方をしやがる。「ああ、どうも、ジャドソンさん。僕はマイアド・ミュール牧場のジャクソン・バードといいます」

このとき、おれは片目にロードランナーをとらえた。この鳥が若いクモをくわえて坂道を駆けている。反対の目で見たのは、楡の枯れ枝にとまった鷹だった。おれは四五口径を連射して二羽を吹っ飛ばしてみせた。「次は三羽目だな。おれが行くところ、鳥が火を噴くらしいぜ」

「お上手ですね」この羊飼い、ちっとも騒がねえ。「でも三発目で外すってこともあるでしょう。先週は、いい雨でしたね、ジャドソンさん。きれいに細かく降って、若草にはありがたい雨でした」

「このやろ」おれは女が乗るような馬に迫っていった。「おまえの親は子供かわいさにジャクソンなんてご大層な名前をつけやがったか知らねえが、ろくに羽根も生え替わらず、ぴいぴい囀ってばかりの鳥だろう。雨がどうとか天気の話なんざ脱ぎ捨てるがいい。オウムじゃなくて人間がしゃべってるんだ。そういう話をしようじゃないか。ピミエンタへ行って若い女を連れ出そうなんてのは、よからぬ行ないだぜ。そういうことをされちゃ困るんだ。それより軽い罪でトーストに乗っけて食われた鳥もいるからな。ジャクソン鳥なんていう小さい種類がウールで巣を作ったって、そんなものはミス・ウィレラには関係ねえ。もうお終いにしてもらおうか。それとも、まず間違いがねえと言われた腕前に突っかかってくるかい？　長げえ呼び名は伊達じゃないぜ。葬式を一回出してやるくらい、どうってこともねえんでな」

ジャクソン・バードは、いくらか顔を赤くしてから笑いだした。

「いやあ、ジャドソンさん、どうやら誤解しておられる。たしかに何度かミス・リーライトを訪ねましたが、ご想像のような目的ではないのですよ。純粋に美食の追求でありましてね」

おれは銃に手を伸ばした。

「コヨーテが悪知恵をひけらかすと――」

「あ、いや、まず話を聞いてください」この鳥が言った。「僕なんか女房もらってどうするんでしょうね。牧場を見てもらえばわかりますよ。料理も diseñ いものも自分でやってます。食べること――それが楽しみで羊を飼ってるようなもので。ところでジャドソンさんは、ミス・リーライトが作るパンケーキの味をご存じですか？」

「おれが？　知らねえぞ。あの人が料理の腕を振るったりするのか」

「あれは黄金色の陽光ですよ。まさに美食の極み。神業の火加減で焼いたとしか思えないハニーブラウンの色をしていますね。ああいうのを作るレシピが手に入るなら、寿命が二年くらい縮んだっていいと思います。そういう目当てがあってミス・リーライトに近づいたのですが、うまくいきませんね。もう七十五年前からの家伝の製法らしいですよ。代々受け継いできたものを、他人に明かそうとはしないのです。それが手に入って、自分の牧場で作って食べられるようになったら、どれだけ幸せなことか」

「ほんとか。パンケーキを作ってる手をつかまえようってんじゃあるまいな」

「いえいえ。ミス・リーライトはすばらしい女性ですが、僕の望みは、その味わいを知りたいだけで——」とまで言ってから、おれの手がホルスターにかかりそうだと見て表現を切り替え、「パンケーキのレシピを真似(まね)しようというだけです」と締めくくった。

「あんまり悪いやつでもなさそうだな」と、一応は相手の言い分を聞いてやる。「おまえの羊を孤児にしようかとも思ったが、今回は見逃してやろう。その代わり、パンケーキのほかには手を出すな。三段重ねの真ん中みたいにパンケーキだけにくっついてろ。甘ったるいのはシロップだけにしておけ。さもないと牧場に人が集まって歌うようになるぞ。おまえには聞こえねえだろうがな」

「では、嘘(うそ)ではないとわかるように」と羊飼いの男は言った。「ひとつ手を貸してもらいましょう。どうやらミス・リーライトとはお友だちのようなので、僕では無理な相談も、あなたならうまくいくかもしれない。パンケーキのレシピさえ手に入れてくだされば、もう二度と訪ねていったりしませんよ」

「おう、よかろう」おれはジャクソン・バードと握手をした。「やってやろうじゃないか。恩に着てもらうぜ」

やつはピードラ川のサボテン平原を、マイアド・ミュールの方角へ去っていった。

おれは馬の首を北西に向け、ビル・トゥーミーの牧場へ戻った。

その次にピミエンタへ行ったのは、五日後のことだった。エムズリーの店で、ミス・ウィレラとの楽しい夕べのひとときだ。彼女は歌って、オペラの抜粋で盛大にピアノを弾き鳴らした。おれもガラガラヘビの物真似をして、スネーキー・マクフィーが発明した牛革のはがし方を聞かせ、いつぞやセントルイスへ行ったときの話もした。たがいに見直したような、いい気分だった。これでジャクソン・バードが渡り鳥になって飛んでいけば、もうこっちのものだ。レシピさえあればいいという約束なんだから、うまいことミス・ウィレラから聞き出して、やつに教えてやればいいのだと思った。それでまたマイアド・ミュールからのこのこ出てきやがったら、今度こそ、この世とおさらばさせてやる。

というわけで、そろそろ十時頃になって、おれは調子のよい笑みを浮かべた顔で、ミス・ウィレラに言った。「ところで、緑の草地にいる赤牛よりもいいものがあるとしたら、作りたての糖蜜にたっぷり浸かった熱々のパンケーキの味わいだけかもしれないね」

するとミス・ウィレラは、ピアノ用の椅子から飛び上がりそうになって、しげしげとおれの顔を見た。

「そうね、すごくいいものだわ。さっきセントルイスの何とかという街路の話をしてましたよね、オドムさん。たしか帽子をなくしたって言ってらしたけど」

「パンケーキ街ですよ」おれはウィンクして、家伝のレシピのことを知ってるんだとわからせてやった。ごまかされませんよ、ということだ。「さて、ウィレラさん、作り方をうかがいましょうか。さっきから頭の中でパンケーキが馬車の車輪みたいにぐるぐる回ってるんですよ。では、どうぞ――小麦粉が何ポンドとか、卵を八ダースとか、そんなことがあるんでしょう。材料の一覧なんてのは、どうなってます？」

「あの、ちょっとすみません」ミス・ウィレラはおれに横目を走らせてから、ピアノの椅子を降りた。ふらりと部屋を出て行くと、入れ替わりにシャツ姿のエムズリーが水差しを持ってきたのだが、テーブルにあったグラスを取ろうと向きを変えたので、その尻(しり)ポケットに四五口径が突っ込まれているとわかった。「騒ぎすぎだぜ」おれは心の中で考えた。「しかし、銃を持ち出してまで守ろうというなら、よほどに大事な家伝の秘法があるってことか。名家の抗争でも、こうまで頑張らないかもしれねえ」

「まあ、これでも飲めや」エムズリーがグラスの水をよこした。「さんざん馬に乗って、過熱しちまったんだろう。ほかのことに頭をまわしてくれよ」

「おっさんは、パンケーキの作り方は知らないのか?」

「そうさなあ、世間なみだよ、その道を究めたわけじゃない。焼石膏(せっこう)に使うような篩(ふるい)を用意するんだろう。粉をこねて、重曹やトウモロコシの粉も入れて、卵、バターミルクと混ぜる、なんてのが普通だな。ところで、ビル・トゥーミーの親父さんは、この春にもカンザスシティーへ肉牛の出荷をするのかい?」

結局、この晩は、たいしてパンケーキ情報を聞き出せずに終わった。ジャクソン・バードがなかなか厄介だと言っていたのも無理からぬことだ。とりあえず本題は棚上げにして、しばらくエムズリーを相手に牛の病気だの竜巻だのという話をしていたら、ミス・ウィレラが来て「じゃ、おやすみなさい」と言うので、おれは牧場へ引き上げていった。

一週間ばかりたって、おれがピミエンタへ行こうとしたら、出てこようとするジャクソン・バードと会ったので、馬に乗ったまま言葉をかわした。

「パンケーキの明細書は手に入ったかい？」

「いや、まだ」ジャクソンは言った。「もう駄目かもしれませんね。そちらはどうです？」

「やってはみたんだが、プレーリードッグを穴から追い出すのに、ピーナツの殻で土をかき出すくらいに埒（らち）が明かねえ。あれだけ後生大事にするからには、よっぽどのものに違いねえな」

「ほとんど諦（あきら）めかけてるんですよ」ジャクソンのしょげ返った口ぶりに、哀れなやつだと思ってしまった。「一人さびしく牧場で作って食べられたらいいと思ったんですがねえ。どれだけうまいのだろうと考えると、夜もおちおち眠れません」

「もうちょっと粘ってみろよ。おれもそうする。二人でやってれば、どっちかに引っ掛かるさ。じゃあな」

という具合に、この時期のおれとジャクソンは、きわめて平和に共存していたんだ。あの砂色の髪をした羊男がミス・ウィレラを追っかけてるんじゃないと知って、だったら長い目で見てやろうという気になっていた。そこまで食い気に悲願をかけるなら、こっちも一肌脱ごうじゃないかというつもりで、ミス・ウィレラからレシピを聞き出すべく奮闘していた。しかし、おれが「パンケーキ」と口に出すたびに、あの人はよそよそしくなって、目を泳がせて、話題を変えたがる。おれが食い下がると、すっと出て行ってエムズリーのおっさんにお呼びがかかって、また水差しと尻ポケットの飛び道具が来るんだ。

ある日、野の花が大群になってるポイズンド・ドッグ平原へ行って、青いバーベナをどっさり摘んでから、あの店へ馬を飛ばした。それを見たエムズリーが片目をつむって言うんだ。

「ニュースは聞かなかったかい？」

「牛の値上がりか？」

「ウィレラとジャクソン・バードが、きのうパレスティーンで結婚したんだ。けさ手紙で知らされた」

おれは持っていた花をクラッカーの樽に取り落とし、いま耳から入ったニュースがシャツの左胸ポケットあたりを通過して足の先まで抜けていくのがわかった。

「いまの話だが、もう一度、言ってくれたりはしないかな。たぶん、おれの耳がいかれたのではなかろうか。上等の若い雌牛が生きたまんまで四ドル八〇、とか何とか言っただけだろ」

「きのう結婚したよ」エムズリーのおっさんは言った。「新婚旅行はウェイコとナイアガラの滝だってさ。こないだっから何にも気がつかなかったのかい？　ほら、馬で遠乗りに出た日があったろう。ジャクソン・バードは、ずっとウィレラに言い寄ってたんだ」

「だったら」おれの声が荒くなった。「パンケーキがどうたらこうたらは何だったんだ？　正直に言え」

おれの口から「パンケーキ」と出たとたんに、エムズリーは腰が引けて逃げそうになった。

「そうか、おれをペテンにかけやがったな。からくりを暴かせてもらうぞ。おっさんも一枚噛んでたんだろう。おい、白状しろ。さっさと言えよ。ここで粉を練ることにしたっていいんだぜ」

おれはカウンターを乗り越えて、やつに迫った。とっさにエムズリーも銃に手を伸ばそうとしたが、このときは引き出しの中にあった。あと二インチで届くというところで、おれはエムズリーのシャツの胸をつかまえ、隅っこに押しつけた。

「パンケーキの話を聞かせろ。さもないと、おまえをパンケーキにしてやる。ミス・ウィレラは作り方を知ってるな？」

「そんなもの作ったことなんてありゃしない。おれだって見てないよ」エムズリーは事を荒立てまいとする。「落ち着いてくれよ、ジャド。やけに熱くなってるじゃないか。やっぱり頭に怪我(けが)したんで、中の働きまでいかれちゃってるのかな。もうパンケーキのことは考えるなよ」

「なに言ってるんだ、頭に怪我なんてしやしねえ。今度ばかりは勘が鈍って読みそこなったっていうだけのことだ。ジャクソン・バードのやつ、ミス・ウィレラを訪ねるのはパンケーキの製法を知りたいだけなんで、材料の一覧表が欲しいなんて抜かしやがった。だから言われたとおりに手伝ってやって、こういうことになったんだ。つまり、あの赤目の羊男にまんまと一杯食わされたってことなんだな⁈」

「その手の力を緩めてくれよ。苦しくて話もできやしない。そりゃまあ、いま思えばジャクソン・バードは、ちょいとばかり狡(ずる)い手を使ったのかな。遠乗りの日に、帰ってきてから言ったんだ。あんたがパンケーキの話をしだしたら要注意ってことだった。なんでもキャンプ中にパンケーキを焼いた日があって、あんた、フライパンで頭をひっぱたかれたっていうじゃないか。そのときの傷がもとで、かっかすると手がつけられなくなって、パンケーキがどうのこうのと大騒ぎするんだろう。そうなったら、うまいこと静めてやって、ほかへ気が回るようにすれば、どうにか無事におさまるかもしれない。だから、おれもウィレラも、一生懸命だったんだぜ。そうさなあ、ジャクソン・バードってのは、羊飼いにしちゃ、めずらしいやつだよな……」

さて、ここまでの話をしながら、ジャドは袋やら缶やらの中身を、着々と混ぜ合わせていた。話し終える頃には、おれの前に完成品が出た。こんがり焼けた熱々のパンケーキが二枚、ブリキの皿に乗っていた。どこやらの隠し場所から、特上のバターと、金色に輝くシロップの罎も出てきた。

「で、そういうことは、いつの話なんだ？」

「三年前」ジャドは言った。「いまじゃあ二人でマイアド・ミュール牧場に暮らしてらあ。だが、あれ以来、おれはどっちにも会ってねえ。ジャクソン・バードめ、おれの動きを封じながら、ロッキングチェアを買い込んだり、窓のカーテンをつけたりしてたらしい。ま、いいさ、しばらく時間がたって忘れたよ。ただ、いつまでも野次馬みてえなやつがいやがって、うるせえんだ」

「このパンケーキは、秘伝のレシピとやらで作ったのか？」

「そんなものねえって言ったろう。うるせえ野次馬がわいわい言ってるうちに自分らも食いたくなりやがったらしいんで、新聞に出てたレシピを切り抜いたんだ。こんなのが、うまいのか？」

「ああ、いけるぜ」おれは言った。「おまえも食ったらどうだ、ジャド」

溜息（ためいき）を聞いた、と思った。

「おれかい？　とても食えねえ」

探偵探知機

The Detective Detector

　私はエイヴリー・ナイトという男とセントラルパークを歩いていた。この男はニューヨークでも極悪人と言うべき泥棒、辻強盗(つじごうとう)、人殺しである。

「だがなあ、ナイト君」と私は言った。「いくら何でも無理だろう。たしかに君はたいした芸当をしてのける。現代の犯罪史にまたとないプロの技を発揮してきたと思うよ。何度となく警察の目をかいくぐって驚異の犯行におよんでいる。たとえば大金持ちの家に堂々と侵入し、弾の入ってない銃で家人を脅して、銀細工やら宝石やらを取り放題。そうかと思えば、電気の街灯が明るいブロードウェーでも、人を砂袋でひっぱたいて襲う手口。また強盗殺人だって、おおっぴらに、かつ尻尾(しっぽ)をつかまれることなく仕遂げている。しかし、人を殺してから四十八時間以内に、逮捕の命を受けた刑事を割り出し、あまつさえその顔を私にも拝ませてくれようというのなら、いささか疑いをはさみたくもなるね。ここはニューヨークなんだよ」

　エイヴリー・ナイトは余裕の笑みを浮かべた。

「これは先生、プロ根性を刺激してくれますね」一応はむっとしたような口をきく。

「じゃあ、証拠をご覧に入れましょう」

　十二ヤードほど前方を、羽振りのよさそうな市民が歩いていた。ちょうど公園内の歩道が植え込みをまわろうとする。ナイトはいきなり拳銃を抜いて、背後から市民を撃った。被害者は倒れて、ぴくりとも動かなくなった。

　凄腕の殺人犯は悠々と死体に近づき、その衣服をさぐって現金、時計、および高価な指輪とネクタイピンを奪った。そして静かな笑顔で私とならんで、ふたたび歩きだしている。

　十歩も先へ進むと、銃声の響いた現場に駆けつけようとする警官がいたので、これをエイヴリー・ナイトが呼び止めた。

「いま人を殺しました」と真顔で教えてやる。「所持品を奪っております」

「いいかげんにしろ」警官は腹立たしげに言った。「くだらないことを言ってると、おまえたちもしょっ引くぞ。新聞に名前を出したいんだな？　人を撃っておいてのこのこ顔を出すような変わったやつがいるか。さっさと立ち去れ。ひっぱたいてやろうか」

「これまでのところは――」私はまたナイトと歩きながら、けしかけるように言った。「簡単なものだったね。しかし、探索を仰せつかった刑事を突き止めるとなると、なかなか厄介な仕儀となろうが」

「まあね」ナイトは気楽に言ってのける。「たしかに、どんなやつを差し向けられるのか、それによって見込みが変わることはあるでしょう。もし平凡な私服刑事なんてのが来たら、うっかり見逃すかもしれない。でも、名探偵と言えるほどの人材を配していただけるなら、それこそ推理の知恵くらべとしては望むところで、堂々の勝負をしてみせますよ」

翌日の午後、ナイトが私の診察室に来た。いつもの鋭い顔つきに、してやったりの表情を浮かべている。

「謎(なぞ)の殺人事件は、どうなってるんだろうね?」私は言った。

「例によって」ナイトはにこやかに言った。「午前中、警察にさぐりを入れて、死体の検証についても調べましたよ。現場で私が落とした名刺入れを見つけたようで、名前と住所はわかったはずです。銃撃を目撃した者は三人いて、いずれも私の人相を供述している。結局、この件は、かの名探偵シャムロック・ジョーンズに委(ゆだ)ねられました。この男が任務を帯びて警察本部を出たのが十一時三十分。私は自宅に戻って、いつ来るかと思っていたのに、二時まで待っても来ませんでしたね」

私は、わざと馬鹿(ばか)にするように笑った。

「そりゃそうだ。これから二週間、三週間、事件が噂にもならなくなってからでないと、ジョーンズの顔を見ることはあるまいよ。もっと抜け目ない男だと思ったがな、ナイト君。きみは三時間半ほど無駄にして、その間に、やつは視界から消えたのさ。いまごろは推理の術とやらを駆使して、きみに迫ろうとしているのだろう。そういう追いかけっこで、犯人が探偵と出くわした例はない。あきらめることだな」

「先生」ナイトは鋭利な灰色の目をきらりと光らせ、気の強そうな顔をしてみせた。「このニューヨークでは、殺人事件の犯行後に、犯人と探偵が遭遇しない例が十数件続いたようですが、そんな記録は私が破ってみせますよ。あすにもご同道を願います。シャムロック・ジョーンズがいるところへ行きましょう。どの程度のやつなのか正体を暴いてやります。法の役人と殺し屋が行き合う。この都会でも不可能ではないのだと証明いたします」

「それがいい」私は言った。「ニューヨーク市警から感謝されるぞ」

次の日、ナイトが辻馬車で迎えに来た。

「一つ、二つ、手がかりとして匂う線をたどったんですが、はずれでした。どうせ探偵が考えそうな方法は見当がつくと思って、少々追いかけてみたんです。だが、その先にジョーンズはいなかった。拳銃が四十五口径だったんで四十五番街あたりで捜査するとか、背中を撃たれてるから下級生いじめとの関わりでコロンビア大学へ行くとか――。しかし影も形もありませんでした」

「そんなんじゃ無理だよ」私は語気を強めた。

「ええ、普通にやってたんじゃ駄目ですね」ナイトは言った。「ブロードウェーを行ったり来たり一カ月も歩いたって、どうにもならないでしょう。でも先生にはプライドを刺激されてますのでね。もし本日中にシャムロック・ジョーンズとお引き合わせしなかったら、この都会では二度と殺しも盗みもしないとお約束いたしますよ」

「馬鹿を言いなさい。ニューヨークという町では、盗賊が押し入った先の家でていねいな口をきいて、何千ドル相当かの宝石をいただいておいて、食事をして、一時間か二時間かピアノを弾いてから出ていけるんだ。いわんや、お前さんみたいに、あっさり人を殺しただけの犯人が、そうやすやすと追ってくる探偵と接触するわけがなかろう」

エイヴリー・ナイトは、しばらく考え込んでいたが、ようやく明るくなった目を上げた。

「そうだ、先生、わかりましたよ。では帽子をかぶって、出かけましょう。三十分もすればシャムロック・ジョーンズが見えるところへ行けます。間違いありません」

そんなわけでエイヴリー・ナイトと馬車に相乗りになった。馭者にどういう指示が出されたのか聞こえなかったが、かなりの速度でブロードウェーを北へ行き、ほどなく五番街に入って北進を続けた。天成の殺し屋と同行して、私の心臓が鼓動を速めていた。この男は分析能力に恵まれ、大変な自信家でもあるせいで、私を相手にとんでもない約束をしでかしていた。人殺しの犯人、追いかけるニューヨークの名刑事、という二人が同時に存在する場面を見せてくれようというのだ。そんなことがあり得るとは、まだ私は信じていなかった。

「大丈夫かな。まさか罠ではなかろうね？　手がかりがあると思わされたところには、総監が直々に警官隊を率いて待ちかまえていたりはしないのか？」

「何をおっしゃいます」ナイトはやや硬化した。「危ない賭けをするような男ではないとご存じでしょうに」

「いや、これは失敬。しかしジョーンズが見つかるとは思えんな」

　馬車が止まったのは、五番街でも指折りの美邸の前だった。うろうろ歩いている男がいて、長い赤毛の頰髭を生やし、上着の襟には刑事のバッジをつけていた。この髭は取り外しがきくようで、外してから顔をぬぐうことがある。素顔を見ればニューヨークにその人ありと知られた名探偵だ。いまジョーンズは屋敷の出入口にも窓にも鋭い目を光らせていた。

「ほら、先生」ナイトはどうだと言わんばかりの声音を抑えきれない。「ご覧のとおりですよ」

「おみごと、おみごと！」私も感嘆の声を禁じ得なかった。ふたたび馬車が走り出して帰路をたどる。「それにしても、どうやって仕組んだんだ？　どういう推理でもって――」

「いやいや、先生」殺しの達人が口をはさんだ。「推理なんてのは探偵が好む理屈でしてね。そんなのより、こっちこそ近代的なんですよ。跳躍の理論とでも言いましょうか。小さな手がかりから謎を解くような、そんな七面倒くさい精神労働は無用にして、いきなり結論に飛んで行きます。では本件で採用した方法をご説明しましょう。

そもそもの議論を思い出してください。あの犯罪は、白昼のニューヨーク市で、公園という場所で、冷酷きわまりなく行なわれました。そして腕利きをもって鳴る刑事が乗り出すことになった。そんなんで犯人がつかまるわけがないんです。過去の例を見たってわかりそうなもんじゃありませんか」

「それはそうかもしれんが――」私も食い下がった。「もし前の総監が、ああいう――」

「もういいですよ」ナイトが笑いながら割り込んだ。「そんなことは何度も聞きましたが、いまさら言っても始まらない。さっきの話を続けますよ。

ニューヨークでは殺人犯がつかまらない。たとえ精鋭の刑事が捜査をしたとしてもつかまらないのなら、それは捜査の方法がおかしいからだと考えるのが妥当でしょう。いや、おかしいどころか、まるで正反対のことをしている。というのが、こちらにとっては手がかりでしたね。

では、セントラルパークで人を殺した犯人として、自分の特徴を言ってみましょうか。

背は高い。髭が黒い。新聞に出たくない。ろくに金は持ってない。オートミールは食いたくない。金を持って死にたいことだけが生きる望みになっている。冷酷非情にできている。ほかの人間がどうなろうと知ったことじゃない。食いつめたやつにも慈善事業にも一セントだって出さない。

さて、先生、こんなところが本物の自画像なんですがね。あの名探偵さんが追っている犯人は、そんなやつです。先生は近年のニューヨーク犯罪中に詳しいから、ここまで言えばお見通しでしょう。さっき、追いかけてくる刑事が誰なのか、お疑いとあらば目の前に引き出してご覧に入れると言ったら、先生、お笑いになりましたね。ニューヨークでは探偵と殺人犯が出くわすことはないのだとおっしゃった。しかし、そういうことが成り立つんだと、いま見ていただきましたよ」

「どうやって仕組んだ？」私はまた言った。

「簡単なことです」この優秀な殺人犯は言った。「刑事なんてのは、裏をかくつもりで、つかんだ手がかりとは正反対の捜査をしますよ。実際の特徴は、いま言ったでしょう。ということは、その逆を行くとして、背が低くて白い髭の男で、新聞に名前を出したがって、えらく金持ちで、オートミールが好きで、金を使い果たして死にたいという、とんでもなく気前のよい博愛精神の持ち主となる。そこまで考えれば、もう迷いはありません。ただちにシャムロック・ジョーンズがいるところまでお連れしました。あいつめ、アンドルー・カーネギー邸に目星をつけていましたね」

「ナイト君」私は言った。「たいしたものだな。うっかり改心したりせず、このまま悪人をやっていれば、第十九分署でどれだけ立派に刑事の監査が務まることか」

ユーモリストの告白

Confessions of a Humorist

まったく鳴かず飛ばずで、それだけに無事だった潜伏期間が二十五年。それから、どっと騒がれて、あいつだ、ということになった。

といって麻疹をはやらせたのではない。ばらまいたのはユーモアだ。

勤めていた商店の代表者が五十歳の誕生日を迎えたので、従業員一同で銀のインクスタンドを贈ることになり、ぞろぞろと役員室へ行って贈呈式をした。

その司会進行の任務をおおせつかっていた私は、一週間かけて用意したスピーチを披露した。

これが当たったった。ひねりを利かせた冗談の連発に、金物の卸売りで堅い商売をしている店のどっしりした社屋が崩落せんばかりの大爆笑になっていた。主役のマーロウ氏が笑った顔を見せたので、一同ここぞとばかりに笑ったのだ。

この日、朝九時半に、私のユーモリストとしての評価が定まった。

それから何週間も、職場の連中が入れ替わり立ち替わりやって来ては、うまいことを言うものだと誉めそやし、火のついた私の自信をなおさら煽り立てた。どの洒落がどうおもしろいのかと、それを言った当人に向けて、ごていねいに解説してくれるのだった。

しかし、だんだんと洒落を言わないわけにいかなくなった。商売の話であれ、時事問題であれ、まじめに語ってもよさそうなところで、私だけは浮ついたことを言うものだと思われていた。

もし陶器の話になれば、陶器がひび割れそうな冗談を飛ばし、それが重そうな黒っぽい陶器なら、軽口をたたいて明るくするものと見られている。私は次席の帳簿係だったのだが、もし貸借対照表を見せたとして、合計額のところで何かおかしなことを言わないと——あるいは農機具の送り状についても、どこかで笑わせるようなことを言わないと、まわりの社員がつまらなそうな顔をした。

次第に評判が広まって、私は地元の有名人になった。小さな町のことだから、そういう成り行きにもなったのだ。私の言ったことが新聞記事に引用された。人の集まる行事には必ず呼び出された。

たしかに機知には恵まれて、当意即妙の受け答えができていただろうと自分でも思う。この才能に意識して磨きをかけた。また冗談としては人にやさしい良質のものであって、皮肉に走らず、聞いていて不快になるようなことはない。私が来たと見ると人の顔に笑みが浮かぶようになった。近づいて話しだせば、その大きな笑顔から笑い声がこぼれていた。

私は結婚したのが早くて、かわいらしい三歳の男の子、五歳の女の子の父親になっていた。お定まりのように蔦の這う小さな家で幸福に暮らしていられた。金物雑貨の問屋で帳簿をつけている給料では、金の有り余っている家にありがちな悪弊に近づくこともなかった。

これまでにも折にふれて小話めいたものを書くことはあった。気に入った思いつきを書き留めておいて、そういうものを掲載する雑誌に投稿すれば、いずれも即座に採用された。また よろしくという返事をよこす編集部もあった。

ある日のこと、さる著名な週刊誌から手紙が来た。ユーモラスなコラム記事を書いてみないかという。うまくいったら連載にしてもよいとまで匂わせていた。これに応じて書いたところ、二週間たって、一年間の契約を結びたいと言われた。提示された報酬は、金物問屋の給料よりもずっと高い数字になっていた。

私は大喜びした。もとより妻は私のことを文学者あつかいして、桂冠をかぶせたつもりになっていたくらいだ。この夜の夕食は、ロブスターのコロッケに、ブラックベリーのワインがついた。つまらない毎日の仕事から解放されるチャンスが来たようだ。

もう会社は辞めてユーモア作家として立つのだと、私と妻のルイーザがじっくり話し合った上で合意した。

私は退社し、職場でのお別れ会が開かれた。そのときの私のスピーチは燦然と輝くものだった。全文が『ガゼット』紙に掲載された。

翌朝、私は目を覚まして時計を見た。

「うわ、遅刻だ！」と叫ぶなり、着替えの服につかみかかっている。するとルイーザに言われた。もう金物や建材に振りまわされなくてもよくなったのに――。そうだった、私は作家になったのだ。

朝食のあとで、妻が得意げな顔で案内しようとするので行ってみると、キッチンの隣の小部屋が書斎のようになっていた。いい女房だ！　テーブルに椅子、原稿用紙、インク、パイプ用のトレー。すっかり作家の仕事場になっている。セロリ立てのガラス器を花瓶にして、バラやスイカズラが生けてあった。壁には去年のカレンダーが掛かっている。辞書が出ている。チョコレートの小袋があるのは、いいアイデアがひらめくまでの合間につまんだら、ということだ。いい女房ではないか！

いよいよ仕事に取りかかった。この壁紙の模様は、アラベスクだったか、オダリスクだったか、いや台形というのだったか。その連続模様の一点に、私は目をこらした。

いまはユーモアに専念せねばならぬ――。

ある声に、はっと気がついた。ルイーザの声だ。

「そろそろ手が空くなら」その声が言う。「食事にしたらどうかしら」

時計を見れば、もう寿命から五時間も削れていた。私は食事に立った。

「いきなり頑張りすぎてもよくないわ」ルイーズが言った。「ゲーテ曰く――ナポレオンだっけ?――頭脳労働は一日に五時間をもって良しとせよ。きょうは午後から子供たちも連れて森のお散歩でもしましょうよ」

「そう言えば、少し疲れたかな」というわけで、この日は森に出かけた。

だが、すぐに調子が出てきた。一カ月もしないうちに、私は金物を出荷するように次から次へと原稿を生産していた。

首尾は上々。週刊誌のコラムがちょっとした波紋を巻き起こし、批評家筋には新手のユーモア作家としてささやかれた。寄稿する雑誌も増えて、かなりの収入があった。

だんだん仕事の要領をつかんだ。いい思いつきがあれば、ちょいちょいと二行ばかりの珍問答に仕立てて一ドル稼いだ。これに付け髭でも張るようなつもりで四行に増やせば、実入りは倍になる。あるいはスカートをくるりと回して裾に飾りをつけるように、音韻の仕立て直しをしてもいい。俗受けする詩の文句に、いい靴を履かせて、流行の装(よそお)いをさせただけということだが、一見もっともらしい仕上がりになっている。

だんだん貯金が増えていって、カーペットを新調し、部屋に置けるオルガンを買った。金物問屋で帳簿をつけていた頃は小器用なおもしろいやつと見られていたのが、いまでは町の名士と言ってもおかしくなかった。

ところが五カ月、六カ月とたつうちに、私のユーモアから自然な味わいが消えていった。おかしな言い回しが口を突いて出なくなって、もうネタ切れだと思うことがあった。いいアイデアが拾えないかと友人の会話に聞き耳を立てていたりもした。どうかすると何時間も鉛筆を嚙(か)んで壁紙とにらめっこをしながら、無理なく笑える愉快な話をふくらまそうとしていた。

そして私は、まわりの人間に食らいついて養分を吸おうとするような、ただ嫌がられる存在になった。やつれて執念深そうな顔をした私がいるだけで、その場の雰囲気がしらけている。しゃれた表現、気の利いた譬(たと)え、味のある言い回しが、誰かの口からぽろりと出ると、骨に飛びつく犬のように、これを自分のものにしようとした。記憶にとどめるだけでは不安なので、こそこそと横を向いて書き留める。どこにでもメモ帳を持ち歩いていたし、また袖口(そでぐち)に書いてしまうこともあって、いずれは使うつもりで取っておいた。

友人たちが私を見る目には、悲しみと驚きがないまぜになっていた。それだけ私が変わったのだ。以前なら私が率先して人を楽しませていたのだが、いまでは人の楽しみを貪ってばかりで、自分から冗談を飛ばして笑いを誘うということはなくなった。もったいなくて使えない。大事な商売物を無料サービスでばらまく余裕などはなかった。

いわば私はキツネになった。イソップ物語ではないけれど、お世辞たらたらで、カラスたる友人の歌声を誉める。その嘴にくわえた頓知話を落としてくれたら、すかさず拾ってしまおうという魂胆だ。

たいてい誰もが私を避けるようになった。私は笑うことも忘れていた。冗談を横取りするのだから、せめて笑顔くらい返してもよかろうに、そんなことさえしなかった。

執拗なネタ探しは、いかなる人物も、場所も、時間も、題材も、例外とはしなかった。もし教会に行ったとしても、私の落ちぶれた魂は、何かしら獲物になるものはないかと、おごそかな通路や列柱の間に狩りの妄想を働かせていた。

たとえば牧師が「神を讃えよ、すべて幸いは神の御身にあって……」と言えば、すぐに私はどうにか洒落にできないかと考えだした。「たたえよ、たたけよ、ひっぱたけ——御身にあって、女に会って——」

説教そのものは私の頭を素通しで抜けていった。ひねった言葉遊びになりさえすれば、話の中身はどうでもよい。合唱隊の讃美歌も伴奏として聞き流すだけ。私が考えていたのは、ソプラノ、テノール、バスの意地の張り合いを、新しい喜劇の音で鳴らせないかということでしかない。

わが家もまた狩りの現場になった。妻はさっぱりした気性で、人の心がわかって、思い切りがよいという、めずらしい女である。以前の私は妻と話すことが楽しみで、妻が思いついて語ることを聞いていれば、いつも喜んでいられた。その妻から採掘しようとした。女の精神ならではの愉快な愛すべきとんちんかんな発言が、私には金の鉱山のようなものだった。

こんな素朴なユーモアを、私は真珠の玉として市場に出した。本来なら家庭という清らかな場だけを豊かにしていればよいものだが、まるで悪魔のように狡猾に、私は妻の話を引き出そうとした。妻は疑うことを知らず、心の奥までさらけだして語った。これを私は平然と活字にして、あからさまに世間の目に触れさせた。

ユダが作家になったようなもの。私は妻にキスをして妻を裏切った。妻の信頼を銀貨と引き替えにして、これに愚かしいフリルで飾った衣装を着せ、市場で踊らせたのだ。

ああ、ルイーザ！　私は夜ごとに妻に襲いかかるように身構えて、子羊をねらう狼も同然に、そっと寝言にささやかれる言葉でさえも逃すまいとしていた。それほどに翌日の仕事のアイデアが欲しかった。いや、もっとひどいことを言わねばならない。

何ということか！　その次に私が牙を向けたのは子供たちだ。首筋に深々と噛みつくように、幼い子が洩らす取り留めのない言葉をも餌食にした。

ガイとヴァイオラ。こういう名前の明るい噴水が二つあったようなもので、子供らしい奇抜な考え方、言い方が、とめどなく湧いて出ていた。この手のユーモアは売りやすい。ある雑誌に「気ままな子供心」という連載を書いていた私には、いい材料になってくれた。インディアンがこっそりと羚羊に近づくように、私は子供たちに迫っていた。ソファやドアの陰に隠れてみたり、庭で遊ぶ子供らに聞き耳を立てようと四つん這いで植え込みに潜んでいたりした。こうなると立派に妖怪じみているが、この妖怪はおのれを悔いることがなかった。

ある日、どうしてもアイデアが出なくなって、しかも原稿は次の郵便で送らねばならないというときに、私は庭で落葉の山にもぐり込んだ。子供らが遊びに来るはずだ。私が隠れていることをガイが知っていたとは思われない。たとえ知っていたとしても、あの子を責める気にはなれないが、ともかくガイは落葉で焚き火をして、私が新調したばかりの服を燃やし、あやうく親を火葬するところだった。

まもなく私は自分の子にも忌み嫌われるようになった。私が幽鬼さながらに忍び寄ると、「あ、パパが来た」と言い合う声が聞こえて、二人がおもちゃを取りまとめ、どこかしら隠れて遊べる場所を求めて逃げていくのだった。もう私はみじめとしか言いようがない！

しかし家計は潤っていた。作家になって一年とたたぬうちに千ドルの蓄えができて、暮らしは楽になった。

その代償がいかばかりだったか！　いわゆる賤民とはどういうものか、あまり詳しくは知らないが、言葉の響きからすれば私はそうなっていたのだろう。友はなく、楽しみはなく、生きていて全然おもしろくない。家族の幸福も踏みにじった。私は蜂になって、人生の最も美しい花から金まみれの蜜を吸い、人を刺す針があるとして忌避された。

ある日、私に話しかける男がいた。感じのよい笑顔を向けている。こんなことは何カ月ぶりだろう。私はピーター・ヘッフェルバウアー葬儀社の前を歩いていた。そのピーターが店の入口に立って挨拶をしてくれた。なんだか心をぎゅっと摑まれたような気がして、私は立ち止まった。ちょっと寄っていきませんかと言われた。

肌寒い雨の日だった。小さなストーブに火の気がある奥の部屋へ通されたが、ちょうど客が来てピーターが中座したので、しばらく私は一人になった。すると、いままでにない気分が私に落ちかかってきた。静かに充足した美しい感覚があった。そんな心地になって、私はあたりを見まわした。真新しいローズウッドの棺がならんでいる。また棺に掛ける黒い布、置台、霊柩車につける羽根飾り、黒い喪章のリボンなど、しめやかな事業の道具一式がそろっている。ここには平穏、秩序、静寂がある。おごそかな沈思黙考の世界だ。生と死の間に小さな境界領域ができていて、永遠の安息という霊気がひたひたと寄せている。

ここまで来た私は、その入口で現実世界での愚行の極みを捨てられたらしい。いま厳粛な道具類を見ながら、むりやり冗談に仕立てようとする心の動きはなかった。静かな物思いに沈んで、ゆったりとカウチで休ませてもらえるのがありがたいという心境になっていた。

十五分ほど前までの私は、臆面もなくユーモア作家に徹していた。それがいま哲学者のような精神の安寧を得ていた。ここではユーモアから逃げていられた。むやみに皮肉を飛ばすことも、苦しいジョークを求めることも、まぜっ返して笑わせようとすることもない。みっともない思いをして焦らなくてよいのだ。

ヘッフェルバウアーという男を、よく知っていたわけではない。また戻ってきて話しだすので、しばらく聞いてやっていたのだが、せっかく静謐な調和を保っている葬儀社の内部に、耳障りな声が響くことになるのだろうかと心配してしまった。

だが違った。しっかりと同調している。私は幸福感からほうっと長い息を洩らした。みごとなまでに平凡なのだ。ああいう話しぶりがあるとは思わなかった。何の変哲もない。あれに比べれば死海だって間欠泉のように騒がしかろう。およそ才気をちらつかすことがない。だから言葉が無傷のままだ。どこにでもありそうなことしか言わないので、おもしろい話かどうかと言えば、先週の株価を聞くくらいの刺激にしかならない。ものは試しで、私のとっておきの辛口ジョークを一つ、おずおずと仕掛けてみたのだが、まったく不発で、どこが辛口かわからなくなった。それ以来、私はこの男が好きになった。

週に二、三度は、夕方になるとピーター・ヘッフェルバウアー葬儀社へ行って、奥の部屋の雰囲気を堪能させてもらった。それが私の唯一の楽しみになった。なるべく早起きして仕事をすませてしまい、癒やしの場で使える時間を増やそうとした。この部屋にいるときだけは、まわりの環境から無理やり滑稽なアイデアを絞り出すという習性を振り捨てていられた。ピーターの話し方は、どこにも攻め口のない堅固な城のようだった。

ここへ来るおかげで私の精神状態が上向きになった。労働の合間の息抜きは誰にだって必要なのだろう。町を歩いていて昔の知り合いとすれ違い、にこやかに声をかけたので意外な顔をされたことがある。家の中でも、しばらく緊張がほぐれて軽口をたたく余裕ができたのだから、妻子がびっくり仰天していた。

このところずっとユーモアが重荷になって、寝ていても安まらず、たまに休日があれば、学校のない日の子供のように、休める時間にしがみついていた。仕事にも影響が出た。ひと頃ほど苦しまなくなり、机に向かって口笛でも吹きながら、すらすら書いてしまった。早いところ片付けたいと気が逸(はや)ったのだ。酒好きが飲み屋へ行きたがるのと同じで、私は例のありがたい隠れ家へ心が飛んでいた。

私が午後からどこへ行くのかと妻は気を揉(も)んでいたようだ。私は妻には言わないほうがよいと思っていた。こういうことは女にはわからない。しかし、おおいに驚かすことになったのだから、かわいそうなことをした！

ある日、私は棺の取っ手を持ち帰った。銀製で、文鎮になりそうだった。それから霊柩車の羽根飾り。これは原稿の表面を払うハタキになる。

机の上にならべて置くと、葬儀社の奥の部屋が思い出されて、なかなかよいものだった。だが、それを見たルイーザは恐怖の悲鳴をあげた。私はどうにか取り繕って妻をなだめようとしたのだが、下手な言い訳にしかならず、その日に浮いた疑念を一掃することはできなかった。ともかくも二つの品物は大急ぎで撤去している。

ある日のこと、ピーター・ヘッフェルバウアーに持ちかけられた話があって、私は即座に舞い上がった。いつものように生真面目なだけのピーターが、まず私に帳簿を見せてから、このところ営業成績が急伸しているのだと言った。それ相応の資金を出せる人がいたら、パートナーとして組みたいと考えている。いま知っている人の中では、あなたにお願いしたいのだが、ということだった。この日、私が葬儀社を出たときには、ピーターは私の口座から振り出される千ドルの小切手を持っていて、私は葬儀社の経営に参画することになっていた。

家路をたどる私は狂喜せんばかりになっていたが、まだ信じられないような気もしていた。妻に話すのが恐ろしくもある。そのくせ足が地に着かないくらいだった。もうユーモアものを書かなくてよいのだ。ふたたび人生の果実を味わえる。リンゴをぎゅうぎゅう搾って、わずかに採れた果汁を大衆の笑いに供する、ということをしなくなる。なんと幸福なことだろう！

いつものテーブルで、留守中に来ていた郵便をルイーザから受け取った。ボツになって返ってきた原稿もあった。私が葬儀社へ行くようになってから、おやっと思うくらいの確率で原稿を返されることが増えた。たしかに滑稽な話を平気で書き散らすようになっていた。ちょっと前まではレンガを一段ずつ積み上げる職人のように、じわじわと苦しみ抜いて書いたのだ。

ある一通を開けてみた。連載を担当していた週刊誌の編集長からだった。この契約からの原稿料は、まだ大事な収入になっていた。手紙の内容はこんなものだ――

ご承知の通り、貴殿との契約は今月をもって満了いたします。誠に残念ではありますが、来年の契約更新はできなくなりました。ご執筆いただいたユーモアは、おおいに楽しめるものでありまして、多くの読者を喜ばせたと考えております。ただ、この二カ月ほどは、明らかに調子を落とされていたと思われます。

初期の作品には、機知に富んだ楽しさが自然に流れ出ていましたが、最近は無理に作ったようで説得力に乏しく、ただただ労作であることが痛ましく見えています。

繰り返しになりますが、今後のご寄稿をいただけなくなったことが残念であると申し上げて、ご挨拶といたします。

この手紙を妻にも読ませた。妻は愕然として目に涙を浮かべた。「何てひどいことを！」と憤慨する。「調子が落ちてなんていないわ。前よりも半分くらいの時間で、すらすら書けてるじゃないの」ここまで言って、もう原稿料の小切手が来ないと思ったのだろう。ルイーザは泣き声になった。「ああ、ジョン、どうしたらいいの？」

答える代わりに、私は立って、テーブルのまわりでポルカのステップを踏んだ。ルイーザは私が困り果てて常軌を逸したと思ったろうが、子供たちはおもしろがって私のあとを追いかけ、きゃっきゃとはしゃいで、ステップの真似をした。昔のように、遊んでくれる父親になったということだ。

「今夜は芝居見物だ！」私は叫んだ。「羽目を外すぞ。あとでパレス・レストランへ行って豪勢な夕食にしよう。かまうもんか、らった、たっ、たたっ」

それから私は大はしゃぎの理由を話した。きょうからは繁盛している葬儀社のパートナーになったので、もう紙に書いた冗談などは、隅っこで頭抱えてごめんなさいと言わせておけばよい。

こうなると妻も、いま手にしている通知を見れば反対するわけにはいかず、ぶつぶっと軽く愚痴めいたことを言うだけだった。なかなか女にはわかるまいが、あの葬儀屋の――いや、ヘッフェルバウアー&カンパニーの奥の部屋のように、よいものはよいのである。

さて、結局どうなったかというと、この町では、いまの私ほどに好感を持たれて、気軽な口をきいている人間はいない。私が言った冗談は、また使い回されるようになった。私も以前のように、妻が語る内輪の話を、まるで打算なしに聞いて喜んでいる。ガイとヴァイオラも心置きなく父親のそばで遊んでいて、子供らしいユーモアをまき散らしてくれる。メモ帳を持った鬼のような父親に追い回される心配はなくなった。

事業は順調に来ている。私は帳簿を引き受けて、もっぱら店の中の仕事をする。ピーターは外回りで営業する。よくピーターに言われるが、私が剽軽(ひょうきん)であるだけで、どんな葬儀だってアイルランドの通夜も顔負けに、明るくなっていられるそうだ。

感謝祭の二人の紳士

Two Thanksgiving Gentlemen

われらが日、と言うべき一日がある。すべてのアメリカ人が、まったく一人で生まれ育ったのでもないかぎり、なつかしき家に帰って、重曹ビスケットを食べて、あの井戸ポンプはこんなにポーチに近かったのかと思ったりする。お祝いの日だ。ローズヴェルト大統領がそういう宣言を出す。ピューリタンが話題になりやすい季節だが、いまとなっては誰だっけとしか思わない。いまからプリマス岩(ロック)に上陸しようとしたら、今度は撃退されるだろう。プリマスロック? 鶏の品種の話だとしたら、そのほうが身近に感じられる。七面鳥の生産農家がトラストを組んでから、やむなく鶏で間に合わせた向きも多かろう。ワシントンでは、感謝祭の宣言について事前の情報漏れもあるようだ。

クランベリーの産地を西に控えた大都会にあって、感謝祭の日は制度として定着している。十一月の最終木曜日になると、一年に一度だけ、川を渡った西側にもアメリカが広がっていることをニューヨークが認識する。アメリカがアメリカの色に染まる日だ。これぞアメリカならではの祝いの日。

では物語に進もう。大西洋のこちら側、このアメリカにも伝統なるものがあって、しかも古くなる速度ではイギリスを凌駕（りょうが）するということを証明する話である。それだけアメリカは、やる気十分、元気一杯ということだ。

スタッフィ・ピートは、いつもの席についた。ユニオン・スクエアの東側から入って右へ三番目、噴水の向かいにある歩道のベンチに坐（すわ）ったのだ。このところ九年にわたって、感謝祭の日の一時には、すばやく定位置として確保する。そうすれば必ずいいことがあって——ディケンズの小説みたいなことがあって、着ているチョッキの胸がふくらむような心地になり、また腹の中までふくらませてもらえる。

今年もまたスタッフィ・ピートはお決まりの出会いの場に現れたのだが、きょうは空腹だから来たというよりは、例年どおりの行動として来ただけのことだ。それにまた慈善家の思惑はどうあれ、貧乏人が空腹を抱えるのは、この時季だけの恒例ではない。

きょうのピートは腹を空（す）かせてなどいなかった。さんざん食ってきたばかりで、かろうじて息をして動いているというほどの満腹だ。木の実のような目になっている。パテを練って、ぼってりした仮面にして、そこへ脂（あぶら）っぽい肉汁をなすりつけ、グズベリーの実を二つ埋め込んだら、こんな目になるだろう。はあはあと短い息をしている。

貫禄たっぷりの脂肪組織のおかげで、上着の襟を立てた格好がよろしくない。一週間前に救世軍の手で服につけられたボタンが、ポップコーンのように弾け飛び、地面にばらばらと落ちた。シャツの前が大きく開いてしまって、だらしのない姿になっているが、細かい雪をちらつかす十一月の風でさえも、いまは涼しくて心地よい。なにしろ大盤振る舞いの一席に呼ばれたばかりで、全身が過熱したようになっている。まず牡蠣に始まってプラムプディングで終わるまでに、世界中の七面鳥ロースト、ベークトポテト、チキンサラダ、カボチャパイ、アイスクリームを出された（のではないかと思った）。そんなわけで、いまは腹がはちきれそうになって坐り込み、たっぷり食べたあとの満足感から世界を見下す気分になっていた。

そんな食事にありつけるとは思っていなかった。五番街が始まるあたりの赤レンガの邸宅前を通りかかっただけなのだ。二人の老女が昔からの伝統を重んじて暮らしている家だった。ご老女にとってはニューヨークすら存在しない。感謝祭とはワシントン・スクエアにのみ宣言されるものだと思っている。この旧家には、裏口に門番を置いて空きっ腹を抱えた浮浪者が来ないかと見張らせ、時計が正午を打ってから通りかかる一人目を呼び寄せて、たらふく食わせてやるという習わしがあった。ちょうど公園へ行こうとして歩いていたのがスタッフィ・ピートである。これを執事が引っ張り込んで、お城の慣行を遵守したのだった。

スタッフィ・ピートは十分ほどまっすぐ前だけを見て坐っていたが、そろそろ視界に変化が欲しくなった。やっとの思いで首を左にずらしてみる。すると恐ろしさに目の玉が飛び出し、息が止まって、短足におんぼろ靴の爪先が砂利の地面にじゃらじゃら揺れた。

あの老紳士が四番街を渡って、こっちへ来ようとしているのだった。

これまでの九年間、いつも感謝祭の日には、ここへ老紳士がやって来て、ここにスタッフィ・ピートが坐っていた。これを一つの伝統とすることを老紳士は考えているらしい。九年間、感謝祭のたびに、ここでベンチに坐っているスタッフィを連れてレストランへ行き、旺盛な食べっぷりを見ていた。こういうことはイギリスではおのずと出来上がるのだろうが、アメリカは若い国である。九年がかりなら上等だ。老紳士はアメリカの愛国精神をきわめて強固に持っている。われこそはアメリカの伝統のパイオニアであると思っている。もし華々しい結果を残すなら、一つのことを継続して、途中で手放したりしてはいけない。たとえば週に十セントの掛金で入らせる保険、あるいは街路の清掃と同じこと。

老紳士は背筋を伸ばして堂々と歩いていた。なにしろ制度を一つ設けようというのだ。もちろん、年に一回スタッフィ・ピートに食事をさせたところで、イギリスにおける大憲章、朝食にジャム、といったような国民性に関わる慣習には及ばない。あくまで途中の一段階。いまだ中世のようなもの。ともかくも慣習が出来上がるという経過が、このニューヨ……あ、いや、アメリカにも、不可能ではないということだ。

老紳士は痩せた長身の六十歳だった。黒ずくめの服装をして、ずり落ちそうになってばかりの古めかしい眼鏡をかけている。昨年よりも髪が白くなり薄くなって、ねじ曲がった握りのついた節だらけの大きな杖に頼りがちのようである。

いつもの恵みをもたらすとわかりきっている人物が、こっちへ来ようとする。スタッフィはぜいぜいと荒い息をして、どこかの女が飼う太りすぎのパグ犬が野良犬に凄まれたように、ぶるぶる震えだした。できることなら飛んで逃げたかったが、サントス・デュモンの飛行技術をもってしてもスタッフィをベンチから浮かすことは無理だったろう。二人の老女に仕える面々が、みごとに任務を果たしていたのである。

「おはようございます」と老紳士は言った。「今年もまた、何はともあれ、こうして無事息災に過ごしてこられたのは結構なことです。この祝福を得ただけでも、本日をもって感謝祭とする意義があるというもの。では、ご同道いただければ、健やかなる精神に健やかなる身体をもたらす食事をさしあげましょう」

この老紳士は、毎年、感謝祭のたびに同じことを言う。それが九年続いてきた。言っていること自体が、もはや制度化している。これに匹敵するのは独立宣言くらいなものだろう。従来であればスタッフィの耳には音楽のように聞こえていた。だが今年ばかりは目に苦悶の涙という顔で、老紳士を見上げた。細かい雪がスタッフィの汗ばむ額に降りかかり、じゅっと溶けそうになる。だが老紳士は小さく震えて、風に背中を向けた。

どうして老紳士はいつも悲しげに口上を述べるのだろうとスタッフィは思っていた。後を継ぐ息子がいればいいのにという気持ちが老紳士にあったのだとは知らない。もし息子がいたら、いずれは身代わりにやって来て、その時代のスタッフィか誰かの前にすっくと立って、「父の遺志を継ぎまして――」などと言いだすことだろう。それもまた慣例になる。

ところが老紳士には身寄りがなかった。この公園の東側にある静かな通りで、古ぼけた茶色い石造りの邸宅に部屋を借りて住んでいる。冬場には、船旅用トランクくらいの大きさの温室で、フクシアの木を育てる。春にはイースターのパレードに出て歩く。夏はニュージャージーの山間で農家に暮らし、肘掛けのある籐椅子に坐って、そのうちに見つけたい蝶の話をする。秋にはスタッフィに食事をさせる。というのが老紳士の仕事なのだった。

スタッフィ・ピートは三十秒ばかり老紳士を見上げていた。どうしようもなく自分がみじめで不安でいたたまれなくなっている。老紳士は与える立場の喜ばしい目を輝かせていた。その顔は年ごとに皺が深くなるが、小さな黒いネクタイは相変わらず洒落た結び方をして、リネンのシャツが白く美しい。白いものの混じる髭に手入れが行き届いて、先端がくるりと曲がっていた。するとスタッフィが豆の煮えたような音を発した。何かしら言いたいことがあるらしい。これを老紳士は過去に九回聞いている。いつものようにスタッフィがありがたく承知したのだと正しく解釈した。

「ありがてえです。ご一緒さしてもらいます。もう腹ぺこなもんで」

意識が混濁するほど満腹しきっているというのに、ある慣習の礎となる実感がスタッフィの心にも生じていた。感謝祭にものを食べるのは自分だけで決められることではない。まず親切な老紳士が先手を打った。いまから疑義を挟めるのかどうか、法律論としてはともかく、すでに出来上がった慣習は尊いものとして、これに従うべきだろう。たしかにアメリカは自由の国だが、もし伝統を形成するとしたならば、循環小数のように何度でも繰り返す役割の人間が必要だ。英雄は鋼鉄と黄金で装うばかりではない。こうして銀メッキの鉄、また錫を手にとって戦おうとする者もいる。

老紳士は年に一度の儀式としてスタッフィの面倒を見てやり、ここから南へ行ったレストランの、いつものテーブルに坐らせた。すでに店では顔を知られている。「あの爺さん、来たぜ」あるウェーターが言った。「感謝祭になると、おんなじやつに食わせてやってる」

老紳士は、くすんだ真珠のように輝いて、向かい合わせに坐る浮浪者を見ていた。いつの日にか古き伝統となるべきものの礎石とも恃むのがスタッフィなのだ。テーブルには祝日のご馳走がどっさりと出てきた。スタッフィは溜息をついて――これは空腹の故だと思われたのだが――ナイフとフォークを手に、不滅の月桂冠を彫るように料理に切り込んでいった。

これほど果敢に敵陣を突破した英雄は古今に例があるまい。七面鳥、チョップ、スープ、野菜、パイ――。次々に運ばれては消えていった。店に来た時点で許容量ぎりぎりまで満腹だったのだ。食べるものの匂いを嗅いだだけで紳士たるべき品格を失いそうになっていたというのに、なお懸命に持ちこたえての働きなのだから、これは本物の騎士と言ってよかろう。老紳士の顔に善人となる喜びの色が浮くのがわかった。フクシアの花、めずらしい蝶よりも、この喜びは大きい。そんな顔色が薄らぐように仕向けるのは、スタッフィには忍びないことだった。

一時間後、戦に勝ったスタッフィは、のんびりと椅子の背にもたれた。「ありがてえことです」どこからか蒸気の洩れるパイプのように、ぱふっと息をつている。「すっかりご馳走になっちめえました」

のっそりと立ち上がり、ガラス玉のような目をして歩きだしたのが厨房の方向だ。これをウェーターが駒のように回して、出口に向けてやった。老紳士は銀貨で一ドル三十セントをていねいに数えてから、ウェーターに五セント玉を三つ残した。

例年どおり、店を出てから別れて、老紳士は南へ、スタッフィは北へ歩いた。

一つ目の角を曲がったところで、スタッフィは一分ほど立ち止まっていた。それからフクロウが羽根をふくらますように、おんぼろの衣服がふくらんだかに見えて、馬が日射病にかかったように、ばったり舗道に倒れた。

救急車が来て、若い医師と運転手が、なんて重たいやつだと文句を言った。だが酒臭くはないので、警察の護送車に乗り換えさせる理屈を付けられない。スタッフィは二回分の料理を詰めたまま病院行きとなった。そしてベッドに寝かせられ、おかしな病気にかかっていないかという検査があった。うまいこと奇病でも見つかれば、メッキをしていない鉄の刃物が振るわれる機会になったろう。

さて、何たることか、それから一時間後、あの老紳士が別の救急車で運ばれてきた。

やはりベッドに寝かされたが、こちらは盲腸炎という見立てになるかもしれなかった。見たところ治療費を払えそうな人なのだ。

しかし、まもなく、ある若い医師が、きれいな目だと思っている若い看護婦と立ち話をして、患者のことを言った。

「あっちの見かけのいい老紳士だけどね、あれが飢餓寸前だったなんて嘘みたいだろ。家門の意地ってのかな。三日間、何一つ食べてないんだってさ」

ある都市のレポート

A Municipal Report

都市なるものは自慢だらけで
　名物名所を競い合う
この地に山の斜面あり
　かの地に荷の積み上がる浜辺あり
　　　　　　　　　　――ラドヤード・キプリング

シカゴなりバッファローなりを舞台にする小説が考えられるだろうか。いわんやテネシー州のナッシュヴィル！　この合衆国で小説になるような都市は三つしかない。ニューヨークは当然として、あとはニューオーリンズ、そして何と言ってもサンフランシスコ。

　　　　　　　　　　――フランク・ノリス

東は東で、西は西。東部は東部で、さて西部は、カリフォルニア人に言わせればサンフランシスコだ。そのカリフォルニア人は一つの種族をなしている。ある州の住人というだけではない。いわば西部における南部人。まあ、シカゴの人間だって郷土愛は似たようなものだが、どうして愛するかと尋ねれば、とまどったような口をきいて、湖で魚がとれるとか新しい会館が建ったとか言うだろう。だがカリフォルニア人はやたらに詳しく語りたがる。

たとえば気候の話だとして、こちらが石炭の請求書だの厚手の下着だのと考えているうちに、向こうには三十分くらい滔々と論じるほどの言い分がある。それで黙っていると納得されたと勘違いするようで、ここぞとばかりに狂気にとりつかれたように勢いづき、かの金門橋の都が新世界のバグダッドであるかのような話をする。と、ここまでは言わせておけばよいとも思うのだが、しかし――すべてアダムとイヴの末裔たる同胞に申し上げよう――もし地図上のどこかに指をさして、「この町にロマンスなどあり得ない。こんな町で何がどうなるというのだ」と言ったとしたら、ひどく軽率なことだろう。歴史とロマンスとランドマクナリーの地図帳に一気に言いがかりをつけるのは軽挙妄動である。

ナッシュヴィル――テネシー州の都市、水運の要衝にして州都である。カンバーランド川が流れ、ナッシュヴィル・チャタヌーガ&セントルイス線、およびルイヴィル&ナッシュヴィル線の鉄道が通っている。また南部の高等教育において第一等の拠点と見なされる。

私が列車を降りたのは午後八時だった。さて、何と形容するべきか、語彙の乏しい悲しさで、成分表のような割合としてお伝えするしかない。

ロンドンの霧30、沼地の毒気10、ガス漏れ20、レンガを敷きつめた中庭の、日の出の夜露25、スイカズラの匂い15。以上、よく混ぜる。

というようなレシピを言えば、ナッシュヴィルに降る小雨がいかなるものか、近似値として了解いただけよう。防虫剤ほどにきつい匂いではなく、エンドウ豆スープほどに濃くはない。だいたいそんなところでよかろう。

ホテルへ向かった馬車は農家の肥やし車のような、つまりフランスで死刑囚をギロチンへ運ぶのに使ったというような代物だ。つい『二都物語』でも気取ってみたくなるのを我慢した。引いている馬もまた過去の遺物のようだった。そして黒っぽい馭者は、おそらく元は奴隷だったやつだろう。

もう眠くなるほど疲れていたので、ホテルへ着くなり、この黒人に言い値の五十セントを（もちろん相応の心付けも）くれてやった。こういう連中のことはわかっている。どうせ昔の「旦那さん」とか「戦争んなる前は」とか、くだらない話をしたがるのだろうが、そんなものは聞きたくもない。

私が泊まったのは「改装済み」を謳うようなホテルだ。つまり二万ドルの予算を投じて、ロビーに大理石の列柱を立て、タイルを貼り、電気の照明をつけ、嚙み煙草の唾を受けるべく真鍮の壺を用意する。各部屋へ上がれば、ルイヴィル&ナッシュヴィル線の新しい時刻表、ルックアウト山のリトグラフが、立派な室内の飾りになっている。ホテルの管理に文句のつけようはない。客あしらいも南部らしい丁重なものだ。サービスはカタツムリが進むように悠然と、またリップ・ヴァン・ウィンクルの物語のように情味豊かに行なわれ、千マイルの旅をしても来るだけの料理が出た。ああいう鶏レバーの串焼きは、世界のどこへ行ってもないだろう。

夕食の給仕をする黒人に、いま町でおもしろいことはあるかと聞いた。すると、しばらく考え込んだ黒人が、おもむろに言った。「はあ、日が暮れてしまえば、もう見るようなものはありませんです」

とうに日は暮れていた。しかも雨に煙っていたのだから、その景色は見るようなものだったはずがない。それでも私は、まだ何かしらありはしないかと小雨の街路へ出た。

坂の多い町である。年間三万二千四百七十ドルの費用で、電気の街灯が町を明るくしている。

ホテルを出たら人種暴動に出くわした。解放奴隷、アラブ人、ズールー人、そんなようなのが徒党を組んで襲ってくる――と見たのだが、手にした得物はライフルではなくて鞭(むち)のようだ。黒ずんだおんぼろ馬車の隊列がおぼろげに見えてきた。その叫び声を聞いて安堵(あんど)する。「お乗んなせえ。五十セントで、町のどこへだってお連れしまさあ」どうやら私は、つかまって殺されるのではなく、乗客としてつかまりそうになっただけらしい。

長く続く街路を歩いた。どこも上り坂だ。どこまで行ったら下るのかと思った。その手前でなだらかな上りになってもよさそうなものだ。市街の大通りであれば、まだ明かりの灯(とも)る商店もある。立派な市民を乗せて市電が行きかう。会話術を駆使しながら歩く人がいる。アイスクリームソーダの店で、どっと笑い興じる声がする。大通りとまで言えない道には、ひっそり静かに暮らしたい家ばかりが引き寄せられているようだ。灯火はついているが、きっちりと窓にシェードを下ろしている。たまにピアノを弾いている家があって、きれいに整った音楽がこぼれていた。なるほど「見るようなもの」はない。どうせなら日暮れ前に来ればよかったと思って、私はホテルに帰った。

一八六四年十一月、南軍のフッド将軍はナッシュヴィルへ進軍し、トーマス将軍指揮下の北軍に迫った。しかし打って出た北軍が激戦の末に南軍を破った。

南部人の射撃の腕前については、かねてより噂に聞いて、感心して、この目で見たこともあった。さかんに嚙み煙草をたしなむ地方の、平和な射撃の話である。しかし、このホテルへ来て驚いた。唾を吐き捨てる用途として、ぴかぴかの新品で大きな真鍮の壺が、この広いロビーに十二個はならんでいる。これはもう甕とでも言うべき大型で、ぽっかりと口が開いていた。女の野球でも気の利いた投手なら五歩離れた距離からボールを投げ入れる大きさだ。ところが、ずっと猛攻撃が続いているらしいのに、敵に被弾はないらしい。ぴかぴかの新品がぴかぴかのままに、堂々と口を開けて立っていた。だがタイルのフロアはというと、せっかくジェファソン・ブリック社のタイルを敷いたフロアが、この色だ。ついナッシュヴィルの戦いに思いを馳せてしまった。そして、私としてはいつものことだが、これでは先祖伝来の射撃術なるものも、だいぶ割り引いて考えねばなるまいなどと、くだらないことに頭を回していた。

ここで私はウェントワース・キャズウェル少佐なる（この称号に全然ふさわしくない）人物に会った。あの見たくもない姿を見てしまった瞬間から、どういう手合いなのかは知れていた。ドブネズミのようなやつは、どこにでも生息する。私が昔から親しんでいるA・テニスンの詩にも、この詩人らしい名言がある。

預言者よ、駄弁の口に災いをもたらせ
イギリスに仇なすネズミにも災いあれ

この「イギリスに」のところを何と言い換えてもかまわないとしよう。ネズミはネズミだ。

そういう男が、飢えた犬がどこに埋めたかわからなくなった骨をさがすように、ロビーをうろついていた。えらく大きな顔の持ち主だ。ぶよぶよした赤ら顔で、とろんと眠そうな重量感は仏像のようでもある。しかし、たった一つだけ取り柄はあって、きれいに髭を剃っていた。まだ無精髭が出ないうちは、獣じみた本性もごまかしていられる。この日、もし彼が剃刀を使っていなかったら、私はこんな男との接近戦には断固として応じなかっただろう。したがって、世界の犯罪史に一件の殺人が追加されることもなかったはずである。

キャズウェル少佐が射撃を開始した時点で、私は標的の壺から五フィートとは離れていなかった。私は哨戒を怠らずに、この攻撃がリスを撃つような銃ではなくガトリング砲の連射に等しいことを察知して、ひらりと身をかわしたので、少佐には非戦闘員に謝罪するという好機をつかまれることにもなった。まったく駄弁を弄する男だ。四分間ほどで、もう旧知のような口をきいて、私をバーへ連れていった。

このあたりで一言お断りをしておくが、私も南部人なのである。ただ、南部人として世を渡っているのではない。ストリングタイをつけないし、スラウチハットをかぶらない。フロックコートを着ない。北軍にどれだけの綿花を焼かれたかとも考えない。ディクシーの演奏を聴いて喝采することもない。噛み煙草もやらない。角が革張りの椅子にずるりと坐って、ヴュルツブルガーをもう一杯と言いながら、もしロングストリート将軍があんな体たらくでなかったらと思うことは——なくもないが、いまさらどうにもならない。

キャズウェル少佐はバーのカウンターにどんと拳を打ちつけて、いよいよ開戦、ふたたびサムター要塞に砲声が轟いたと思わせた。これが一段落して、そろそろ終局、もうアポマトックスの戦いで最後の一発になるのかと私は期待をかけたのだが、ここから家系をさかのぼる話が始まって、アダムなんてのはキャズウェル家の傍系の遠縁だという自説が開陳された。この話が終われば、さらに近い身内の物語を聞かされたが、どうも私の趣味ではない。少佐は妻の出自をイヴにまでたどって、聖書の曲解もおかまいなく、エデンの東ノドの地にも縁者がいたのではないかという見方はあっさり否定していた。

こうなると、ある疑念が生じてくる。しゃべるだけしゃべって自分が酒を注文したことをごまかそうとしていないか。私を煙に巻いて酒代を出させようとしていないか。だが、飲むものを飲んでしまうと、少佐は一ドル銀貨をカウンターに置いて、ばんと音を立てた。それでまたしばらく飲むことになったが、今度は私が支払って、もう礼儀もへったくれもなく席を立った。これ以上に関わりたくはない。だが別れ際にも食い下がられて、やかましい話を聞いた。妻に臨時収入があったという少佐が、銀貨をいくつも手に持って見せたのだ。

キーを受け取ったフロントで、係員が丁重な口をきいた。「あのキャズウェルがご迷惑でしたら、そのような苦情が寄せられたということで、退去させるようにいたします。うろうろされて困っておりまして——。とくに決まった収入源はなさそうなのに、なんとなく手持ちの金はあるらしいのです。法律上は、なかなか追い出せる方策がございません」

「まあ、そうでしょうね」私は少し考えてから言った。「いますぐ苦情を言い立てることもないが、もう付き合いたくないという意向だけは明らかにしておきましょう。ところで、ここは静かな町のようですね。どきどきはらはらの面白いことは、この町にも何かあるんでしょうか」

「はあ、そうですねえ。木曜日になれば、ちょっとした見物があるのですが。つまり、そのう——あとで確かめて、冷たい水と一緒に案内チラシをお部屋に届けさせます。では、ごゆっくりお休みください」

部屋へ上がってから、窓の外を見た。やっと十時頃なのに、見下ろす町はひっそり静まり返っていた。まだ小雨は降りやまず、ぼんやりした街灯が町に明かりを添えている。不用品交換の婦人会で出るケーキの干しブドウのような間隔で、ぽつりぽつりと灯っていた。

「静かだな」まず片方の靴を脱ぎ捨てて、その音を直下の部屋の天井に響かせながら、そんなことを思った。「東部や西部だと町に色彩も変化もあるが、そういう生命感がここにはない。ありきたりなビジネスの町というだけだ」

ナッシュヴィルは工業生産では全国有数の都市である。ブーツおよび靴の出荷で全米の五位。キャンディー、クラッカーの生産では南部で一位。繊維製品、食料雑貨、医薬品の流通でも、きわめて大きな役割を果たしている。

どうして私がナッシュヴィルへ来ることになったのか、このあたりで言っておかねばなるまい。もちろん話が脇へ逸れるので、語っている私としても退屈なことである。もともと自分の用事があって旅行中だったのだが、さる北部の文学雑誌から委託されて、旅のついでに当地に立ち寄り、この雑誌に作品を投稿したアゼイリア・アデアと名乗る人物と直接会っておくことになった。

アデアは（その筆跡のほかに人柄の手がかりらしきものはないのだが）何篇かの随筆（もはや廃れた芸だ！）と詩を送っていて、これを読んだ編集部が見込みありという声を午後一時のランチの際に上げていた。それで私に依頼があり、まだ男とも女ともわからないアデアをつかまえて、ともかく他の出版社が一語十セントか二十セントで交渉する前に、一語二セントで契約させてしまおうとした。

翌朝の九時。鶏レバーの串焼き（あのホテルがおわかりならご賞味あれ）を食べてから、私は小雨の町へ出ていった。いつになったら降りやむのか、相変わらずの雨だった。歩きだしてすぐの街角で、アンクル・シーザーという黒人に出くわした。堂々たる押し出しの、ピラミッドよりも古そうな老人で、もじゃもじゃの短髪に白いものが混じる。シーザーというよりブルータスではないかという顔だったが、あらためて見直すと、いまは亡きズールーの王セテワヨかとも思った。また着ているコートが、いままでに見たこともなければ、今後見ることもないだろうという風変わりなものだった。踝までの長さがある。色はというと、かつては南軍が制服にしたグレーだったのだろうが、雨と日光と時間の経過によって激しい斑模様に変色していた。これに比べれば、創世記のヨセフがまとう「綵る衣」とやらも単調な一色にしか見えないだろう。このコートについては、まだまだ語らねばならない。これが物語に直結するのである。しかし肝心の物語はなかなか始まらない。ナッシュヴィルという町は、おいそれと事件の起こるようなところではない。

その昔には将校の軍服だったはずだ。とうにケープは失せていたとしても、正面には何列も飾りのボタンや房がついて壮観なものだったろう。その飾りもいまはなく、代用品が（まだ存命していた「黒人ばあや」の手になるのだろうが）丹念に縫われていた。ただの麻糸を巧みに縒り合わせてボタンを留める飾り紐ができているのだが、この紐さえも綻びてばらけそうだ。消滅した輝かしき本物に代わる野暮くさい偽物ながら、丹精込めた針仕事だったことは、なくなった飾りの痕跡を忠実にたどろうとした様子からも見てとれる。あるべきボタンが一つしか残っていないというところで、このコートが漂わす滑稽と哀愁の味わいが、いよいよ完成の域に達していた。たった一つのボタンは上から二番目についている。どうにかコートの前が合わさっているのは、通常のボタン穴とは反対側にも無造作に穴をあけて紐を通しているおかげである。およそ人間が着るもので、これだけの奇観を呈し、また変幻の色彩を見せる装いはあるまい。一つだけ残ったボタンは五十セント玉くらいの大きさだ。黄色みを帯びた動物の角を素材にして、粗末な縒り糸で縫い付けられていた。

　黒人は馬車とならんで立っていた。ひどく古ぼけた馬車だ。ノアの方舟から出たハムが馬車屋になって、この二頭をつないだとしてもおかしくない。私が近づくと黒人は馬車のドアを大きく開け、羽根ばたきを引き抜いて振りかざし、野太い声を轟かせた。「さあ、乗ってくだせえ。塵ひとつありゃしません。いま葬式の帰りですんで」

　そういう催し物があると馬車の大掃除もあるのかと私は思った。街路の前後を見渡しても、辻待ちの馬車は似たり寄ったりなものでしかない。私は手帳を見て、アゼイリア・アデアの住所を確かめた。

「ジェサミン通り八六一番へ行ってくれ」と言って乗ろうとしたら、老いた黒人のゴリラのように頑丈な腕が伸びて、一瞬、私を遮ろうとするように見えた。どっしり重そうな暗い顔に、ちらりと疑念の影が差したようだ。しかし、すぐに何事もなさそうな態度が戻って、やけに愛想のいい口をきいた。「そんなとこへどんなご用で？」

「それがどうかしたのか？」いくらか私の口調がとがった。

「あ、いえ、どうもしやしません。ただ、さびれた界隈(かいわい)ですんで、あんまり用のある人もいなかろうと思いまして。じゃ、どうぞ乗ってくだせえ。お席はきれいですよ。いま葬式へ行ってきたんで」

一マイル半。それくらいの距離はあったろう。でこぼこのレンガ道を行くおんぼろ馬車の音ばかりが耳に響いて、ほかには何も聞こえなかった。そして雨が匂う。さらに石炭の煙、またタールと夾竹桃(きょうちくとう)を合わせたような匂いが入り混じった。雨水が伝い落ちる窓からは、二列にならんだ家屋がぼやけて見えるだけである。

市の面積は十平方マイル。街路の総延長は百八十一マイルで、うち百三十七マイルは舗装済みである。工費二百万ドルの水道施設を有し、本管の長さは七十七マイルにおよぶ。

ジェサミン通り八六一番地には、荒れ果てた屋敷があった。道路から三十ヤードは引っ込んだ邸宅が、みごとな樹木と放ったらかしの下草に埋没しかかっていた。一列にならんだ柘植(つげ)の植栽が、木の柵(さく)を隠しそうに伸びている。柵を抜ける門は、門柱と門の材木の一本目に、縄の輪っかを掛けて閉じられていた。だが、ここから中へ入れば、八六一番地の屋敷は、抜け殻というか、影というか、華やかなりし過去の亡霊のようなものだとわかる。いや、この物語の進行としては、まだ私は外にいる。

がたごと走っていた馬車の音が静まり、くたびれた二頭の馬が立ち止まった。私は馭者への払いとして、五十セントのほかに二十五セントを上乗せするつもりで、われながら上客ではないかと気をよくしていた。ところが黒人は受け取ろうとしなかった。

「いやあ、二ドルなんでさあ」

「どういうことだ。ホテル前で客引きの声を聞いたぞ。五十セントで町のどこへだって連れてくんじゃないのか」

「それが二ドルなんでさあ」黒人は同じことを言って譲らない。「こんなとこまで走りましたんで」

「ここだって、まだまだ市内だろうが」私も言い返した。「何も知らない北部人を乗せたとは思うなよ。あっちに山が見えるだろう?」私は東の方角を指さして畳みかけた(雨が降っていたので私だって見えたわけではない)。「あの山の向こうで生まれて育ったんだ。この馬鹿(ばか)めが、いい年しやがって、人を見てどこの産だかわからないのか」

いかめしいセテワヨ王の顔が、ふと和らいだようだ。「こりゃどうも、南部のお人でしたか。履いてるお靴を見て勘違いしちまったようだ。南部の方はよく爪先(つまさき)のとんがった靴を履かれますんで」

「じゃあ五十セントでいいんだな?」私は押さえつけるように言った。

黒人の顔に、たったいま割増料金を吹っかけた表情が戻って、十秒ほどそのままになってから険しさが消えた。

「いやまあ、たしかに五十なんですがねえ、ちょいと物要りなもんで、どうしても二ドルがとこねえと困るんでさあ。すぐってわけでもねえんですが、いま南部のお人だと聞いちまったんで、こんなこと言わせてもらっとりまして、今夜には二ドルねえといけねえのに、きょうは商売がさっぱりなんで」

どっしり重そうな顔に、これで安心という落ち着きが出ていた。かえって幸運だったのだろう。運賃の相場にうとい他所者(よそもの)というよりも、土地の気風がわかっている客にあたった。

「まったく図々しい野郎だ」私はポケットに手を伸ばした。「おまえみたいなのは警察に突き出したっていいんだが」

ここで初めて黒人がにやりと笑った。わかっているやつだ。心得ている。見抜いている。

この男に一ドル札を二枚くれてやった。手渡そうとして気づいたのだが、一枚は危ない目に遭ったと見えて、右上の隅が欠けている上に、真ん中でちぎれたのを継ぎ直してあった。青い薄紙の細片を切れ目にあてがって糊付けし、どうにか通用する程度に修復されている。

アフリカ起源のぶったくり男については、このくらいにしておこう。こいつを喜ばせておいて、私は門柱の輪っかを持ち上げ、ぎいぎいと鳴る門をあけた。

この屋敷が抜け殻のようであることは、すでに言ったとおりだ。もう二十年はペンキの塗り直しもしていない。ひとたび強風が吹いたらトランプの札で組んだ家のように飛ばされそうなものだが、よく見れば樹木に抱きとめられているのではないかと思える。ナッシュヴィルの戦いの当時にも立っていた木々が、いまなお枝を張って、風雨から、外敵から、寒気から、この家を守っていた。

アゼイリア・アデア。五十歳。髪は白く、騎士階級の娘にして、その住まう家と似たように線が細くて頼りなげだが、これだけ安物の衣服をさっぱりと着こなしている姿は、ほかに見たことがない。まるで屈託のない女王様のような雰囲気もある。そんな人が私を迎えた。

通された部屋は、一マイル四方もあるかに広く見えた。それだけ家具調度が少ないということで、せいぜい白木の松材の本棚に書物がならんでいるのと、大理石の天板にひびの入ったテーブル、ぼろ切れで織り上げたマット、すっかり毛の抜けたような馬巣織(ばすお)りのソファ、椅子が二、三脚、というくらいしか見当たらない。そう、壁に絵が掛かっていた。パンジーの花のクレヨン画だ。ご当地ゆかりのアンドルー・ジャクソンが肖像画になっていないかと見回したが、そういう元大統領はいなかったし、松ぼっくりのバスケットがぶら下がっているということもない。

この部屋でアゼイリア・アデアと私が話し合ったことを、いくらか繰り返してお伝えしよう。古き南部の産物というべき女性である。大事なお嬢さんとして育てられた。身につけた知識の幅は広くないが、知っていることには深みがあり、いささか視野が狭いとはいえ、その範囲内での独創性にはみごとなものがあった。家庭が教育の場であったので、実社会を見聞するのではなく、もっぱら推論と直感によって世界を知ることになった。きわめて少数だが、高度な随筆を書く文章家には、そういう人がいる。この女性の話を聞きながら、つい私は指先の埃(ほこり)を払うような仕草をしていた。ラム、チョーサー、ハズリット、マルクス・アウレリウス、モンテーニュ、フッドなどの著述を心に浮かべ、そんな半革装の書物に埃をかぶせたままであるという忸怩(じくじ)たる思いがあったのだ。彼女は洗練をきわめていた。めずらしいくらいの人だ。いまどきの人間は知りすぎている。むやみに現実ばかりを知っている。

アゼイリア・アデアが困窮していることも明らかに見てとれた。とりあえず住むところと着るものはあるが、せいぜいそれだけのことだろう。そう思うと、仕事を頼まれた雑誌への忠義立てと、カンバーランド川流域でトーマス将軍と戦った陣営の詩人文人に対する同郷の誼(よしみ)と、どちらにも引っ張られるような心地になって彼女の声を聞いた。ハープシコードの音色にも似た声である。私は契約の話を持ち出せなくなっていた。詩神と美神が勢ぞろいのような現場にいるとしたら、一語二セントなどという低次元のことは言いにくい。もちろん商売の話をすることにはなろうが、そのあとでまた一頻(ひとしき)り別の話をしたくなるに決まっている。ともあれ私は用向きを述べて、翌日の午後三時に細かい取り決めをすることになった。

「この町は――」と、私は帰りがけに言いだした(世間話めかしたことを言う潮時だ)。「おとなしい土地柄ですね。あまり事件もない故郷の町というようだ」

ナッシュヴィルは、オーブン、また深皿、ポット類の取引において、西部や南部に販路を広げている。製粉業にあっては一日あたり二千バレルの生産力を有する。

だがアゼイリア・アデアには思うところがあったようだ。

「私はそのように考えたことはありません」この人の持ち前の、と言ってよいのだろう生真面目(きまじめ)な答えが返った。「何もなさそうな町にこそ何かあるのではありませんか? この世で最初の月曜日に、もし窓から顔を出せたとしたら、世界の創造にとりかかった神様の鏝(こて)から泥が滴(したた)って、どこまでも続く山地のできていく音が、たぶん聞こえたのではないのかと、そんな空想をしたりもします。この世で一番やかましかった計画が——バベルの塔の建設のことですけれど——結局はどうなったというのでしょう。『ノースアメリカン・レビュー』に一ページ半くらいエスペラント語の欄ができただけ」

「まあ、たしかに——」私はありきたりなことを言った。「人間の本性なんてものは、どこでも同じですからね。ただ、ええと、色彩と言いましょうか、ドラマ、動き——ロマンスと言いますか、そんなものは都市によって多くもあり少なくもあります」

「ええ、上辺(うわべ)は」アゼイリア・アデアは言った。「この私だって何度も世界を旅していますのよ。書物と夢——この二枚の翼でふわりと宙に舞う黄金の飛行船に乗ってます。ですから（空想の旅ですけれど）トルコのスルタンが奥方の一人を直々に成敗(せいばい)するのを見ました。女が人前で顔を見せたというので弓の弦(つる)で絞め殺したのです。ナッシュヴィルでも、ある男の奥さんが顔に米粉のパックをしたまま出かけようとしたというので、男は——劇場のチケットを破り捨てました。サンフランシスコのチャイナタウンでは、シン・イィーという下女が、煮立ったアーモンド油に、じわりじわりと入れられましたよ。アメリカ人の男と深い仲になったので、もう二度と会わないと誓わせられることになったのですが、膝(ひざ)から三インチ上まで油が来て、さすがに音を上げました。このあいだの晩、東ナッシュヴィルでトランプ遊びのパーティがあって、キティ・モーガンが切って捨てられてましたよ。いえ、ペンキ屋と結婚しただけなのに、学校時代から仲良しだった七人があっさり知らん顔だったということですが、それだって煮立った油が胸まで来るような心地だったでしょうけれど、あの顔をご覧いただきたかったと思いますよ。かわいい笑顔を絶やさずにテーブルをまわって歩いてましたっけ。ええ、ここは平凡な町です。赤レンガの家と、泥の地面と、商店と、材木置場が、何マイルか続いているだけ」

裏口でノックをする音が空っぽの家に響いた。アゼイリア・アデアはそっと小さな声で詫びながら、音の正体を見に行った。三分ほどで戻った彼女は、目を輝かせ、ほんのりと頬を染めて、十年分の肩の荷が下りたようにも見えた。

「お帰りの前に、ぜひお茶でもどうぞ。シュガーケーキもいかがでしょう」

彼女は手を伸ばして、小さな鉄製の鈴を振った。すると摺り足で入ってきたのが、小さな黒人の少女だった。十二歳くらいだろう。裸足で、あまり身ぎれいではない。親指の先を口に入れ、飛び出しそうな目をして私を睨んでいた。

アゼイリア・アデアは、ずいぶん小型のすり切れそうな財布の口を開け、一ドル札を取り出した。右上の隅が欠けていて、いったんは二つに切れたのを青い薄紙の細片で貼った紙幣。となれば私がぶったくりの黒人に渡した一枚だ。そうとしか思えない――。

「さ、インピー、角のベイカーさんのお店へ行って」と少女にドル札を持たせた。

「お茶の葉を四分の一ポンド――いつも届けてもらうようなお茶ですよ。それからシュガーケーキを十セント分ね。ほらほら、急いで――」そして私への説明として、

「ちょうどお茶を切らしてしまって」

インピーはあとずさりに出て行った。裏のベランダに硬い足の裏を摺っていく気配が消えようとして、きゃあっと叫ぶ声が――インピーに違いないと思ったが――空っぽの家に谺（こだま）した。そして怒った男の粗暴な濁声（だみごえ）が、わけのわからない少女の悲鳴に混ざった。

アゼイリア・アデアは平然と立って、出て行った。それから二分ほど、ぶつくさ言っている濁声があって、捨て台詞（ぜりふ）めいた悪態をつくのが聞こえてから、彼女が戻ってきて静かに着座した。

「家が広いものですから間借り人を置いてますのよ」と彼女は言った。「こちらからお茶に誘っておいて撤回しなくてはならないのですが、いつものお茶が品切れのようで申し訳ありません。あすにはベイカーさんのお店に入荷するでしょうけれど」

いくら何でも、こんなに早くインピーが行って帰ったとは思われない。私は市電の運行状況を教えてもらって、この家を辞した。しばらく時間が経（た）ってから帰り道で気がついた。まだ私はアゼイリア・アデアの本名さえ知らない。まあ、あすにでも聞けばよいだろう。

だが、この日の私は、おとなしそうな町が否応（いやおう）もなく進ませる凶悪な道に、もう第一歩を踏み出していたのである。この町に着いてから二日のうちに、私は平気で虚偽の電報を打つようになり、また——犯行後の、という言い方が法律的に正しければ、そのような形で——ある殺人事件の共犯者になるのだった。

ホテルの手前で角を曲がると、この世に二つとない斑模様のコートをまとう怪人めいた馭者がいて、私をつかまえ、移動する石棺とも言うべき馬車に乗せるべく、地下牢(ちか ろう)へ放り込もうとするようにドアを開け、羽根ばたきを振っておいて、あの呪文(じゅもん)を唱えだした。「さあ、乗ってくだせえ。きれいな馬車だ。いま葬式へ行ったばかりですんでね。五十セントでどこへでも——」

すると、私だということがわかったようで、この男は顔をにかっと笑わせた。「こいつぁいけねえ、旦那でしたか。けさ乗っていただいたんだった。ありがとうございます」

「あすの午後三時、また八六一番地へ行くんだが、ここで待ってれば乗ってやるよ。おまえ、ミス・アデアを知ってるな？」あの一ドル札を考えれば、当然、そういうことになる。

「ええ、昔は、先代の大旦那さんにお仕えしておりました。アデア判事という方で」

「おれの判じるところでは、そのお嬢さんがえらく貧乏なようだがな。すっからかんに近いんじゃないか？」

ここで一瞬、セテワヨ王の厳しい顔を見たように思ったが、すぐにまた老いて強欲な黒人の馭者に戻っていた。

「お嬢さんが食うに困ることはありませんや」男はゆっくりと口に出した。「金の出所はありなさる。ちゃあんとあるんでさ」

「今度は五十セントしか出さないぞ」

「そりゃあもう、そういうことで」だいぶ慎ましくなって言う。「けさの二ドルは、のっぴきならねえ訳があって強請っちまいましたが」

私はホテルに着くと電気の力で人をだましました。雑誌社に嘘の電報を打ったのだ。

「A・アデア　一語八セントを譲らず」

これに対する返信は、「いいから手を打て　ぼんやりするな」

夕食の直前に、あの「少佐」だというウェントワース・キャズウェルが、押しつけがましく現れた。なつかしき旧友のような口をきいて、たいしたご挨拶だ。こんな男もめずらしい。会ったとたんに毛嫌いしたくなるが追い払うのは難しいというやつだ。このときはバーに立っていたところを襲われたので、いまさら節酒運動の旗印を掲げるわけにもいかなかったが、もう酒代を払うだけ払って飲まずに逃げたいという心境だった。それにしても、この男は最下等の騒々しい酒飲みであって、愚かしい無駄金を使うたびに、楽隊と花火を動員したような大騒ぎで飲むぞ飲むぞと言い立てる。まるで百万ドルも出そうかという手つきでポケットから取り出したのが、二枚の一ドル札だった。カウンターにたたきつけた一枚を見れば、またしても右上の隅が欠けて真ん中で切れたのを青い薄紙の細片で貼ったものだ。ここでも私のドル札が出た。こんな一枚はほかにはない。

私は部屋へ上がった。つまらない南部の町に来て、小雨が降るだけで、どこにも変わったことがない。私はげんなりしていた。この晩の寝しなには、不可解なドル札のことさえも（これがサンフランシスコなら、謎（なぞ）の手がかりとして特上の探偵小説を書くのに使えたかもしれないが）もう考えるのがいやになっていた。眠くなった心の外へ追いやるように、「ここの連中ときたら、信託の配当でも受け取るみたいに馭者から金が回るらしい。ひょっとして――」などと思いながら、ほどなく寝入った。

翌日、セテワヨ王は持ち場で待っていて、がたごとと私の骨まで揺さぶるようにレンガ道に馬車を走らせ、八六一番地へ向かった。着いたら用事がすむまで待っていて、また帰り道で私を揺さぶる手筈（てはず）にした。

アゼイリア・アデアは、前日よりもなお精気が抜けたように弱々しくなっていた。

一語八セントの契約書にサインしたものの、ますます血の気が引いて、ずるりと椅子から落ちそうになる。これを引き上げて、ひどく年代物の馬巣織りソファに行かせてやるのは、雑作もないことだった。そうしておいて私は街路へ飛び出し、コーヒー色の肌をした海賊まがいの馭者に、急いで医者だ、と言いつけた。すると馭者は馬車を放ったらかして、すたこら駆け出したのだから、思いのほか知恵が働くやつらしい。いまは速度が優先だと心得たのだろう。十分後に医者を連れて戻った。しかつめらしい顔をした白髪頭の有能な医者だった。私はごく手短に（一語八セントの価値もない言葉で）この不思議な空っぽの家に来ている事情を説明した。医者は相わかったとばかりに頷（うなず）いて、老いた黒人に顔を向けた。

「アンクル・シーザー」と静かに言い含める。「すぐ医院へ行って、ミス・ルーシーに頼むんだ。クリーム用のピッチャーに牛乳を入れてもらえ。それからポートワインをタンブラーに半分ばかり。急げよ。自分で走っていけ。あとで今週中にもう一度来てくれ」

どうやらメリマン医師も、陸の海賊が使っている馬車馬の脚力には信を置いていないらしい。アンクル・シーザーがどたどたと駆け足でいなくなると、医師は慇懃（いんぎん）な態度をとって、私を話し相手にしてよいものかどうか慎重に見きわめをつけた。

「ただの栄養失調ですな。これを言い換えれば、貧乏で意地があって食料がないことの結果です。キャズウェル夫人には親しい友人も多い。もちろん喜んで援助してくれるはずなのですが、夫人自身がアンクル・シーザー以外からは何も受け取ろうとしないのです。あの老いた黒人は、以前にはこの家の持ちものでしたよ」

「夫人ですと！」これは私には驚きだ。だが契約書に目を落とすと、たしかに「アゼイリア・アデア・キャズウェル」という署名になっていた。

「てっきりミス・アデアなのだと思いましたが」

「のらくらした役立たずの酒飲みと結婚してしまいましてね。人の話では、老僕が差し入れるわずかな金もそっくり巻き上げる男だそうです」

牛乳とワインが運ばれてから、まもなく医者はアゼイリア・アデアに息を吹き返させた。起き直った彼女は、秋の葉がきれいだと言った。ちょうど季節で、くっきりと色づいていたのである。また動悸（どうき）のせいで、ふらっと気が遠くなることもある、昔からだ、というような言い方をしていた。そしてソファで楽な姿勢をとったところへ、インピーがぱたぱたと扇（あお）いで風を送った。では、ほかにも用事がある、と医者が言うので、私も戸口まで出ていった。これから雑誌に寄稿してもらうのだが、相応の前渡しをすることは私の裁量でできると思うと言うと、医師は喜んでいた。

「ちなみに——」と医師は言った。「お乗りになった馬車の馭者ですが、あれは王族なのですよ。なんでも祖父の代にはコンゴで王様だったとか。そう言えば、シーザーのやつ、たいした貫禄（かんろく）がありますな」

この医師が去っていって、家の中からアンクル・シーザーの声が聞こえた。「それじゃ、ぜえりあ嬢さま、二枚とも取られちまったんですかい？」

「そうなのよ、シーザー」と言っている弱々しい声はアゼイリアのものだ。私は入っていって寄稿の件を最後まで取りまとめた。私の責任で五十ドルの前渡しをして、これで契約は確定したものになると言っておいた。そしてアンクル・シーザーの馬車でホテルに帰った。

私が自分の目で見た話として語れるのはここまでだ。あとは事実関係を記すのみとなる。

六時頃になって私は散歩に出た。あの街角にアンクル・シーザーがいた。馬車のドアを大きく開けて、羽根ばたきを振りかざし、うっとうしい決まり文句を唱える。

「さあ、乗ってくだせえ、旦那。五十セントで町中どこへでも——きれいさっぱりした馬車だ——いま葬式へ行ってきたんで——」

そこまで言って、私だと気づいたらしい。だいぶ視力が落ちていたのだろうと思う。

あのコートもまばらな色褪せが進んで、縒り糸の紐飾りがほつれていて、最後に一つ残ったボタンが——黄色味のある動物の角のボタンが——なくなっていた。ああ、王族の裔、でたらめな色になったアンクル・シーザー！

　それから二時間ほど後のこと、さるドラッグストアの前が人だかりの騒ぎになっていた。これは天の恵みだ。何もない荒野の真ん中で、おもしろい話にありつける。そう思って私はじりじりと人混みに割り込んだ。空箱や椅子をならべて仮設の寝台ができていた。寝かされていたのは、すでに事切れたウェントワース・キャズウェル少佐である。医師が一人来ていて、ただの骸となった少佐にわずかでも魂が残存しているかと検めていた。そんなものはどう見てもない、というのが結論だ。

少佐であった男は暗い街路で死んでいるのが見つかり、どうなったのだとも困ったものだとも思う住民の手でドラッグストアへ運ばれていた。死体の状況からして生前に激しく争ったことがわかる。自堕落な遊び人ではあったが元は軍人である。それでも抵抗しきれなかった。ぎゅっと握ったまま死んでいる手を、開かせることができない。この男を知っていた一般市民は、どうにか死を悼んでやりたいとは思いながら、すぐには言葉が出なかった。ある親切そうな顔をした男が、さんざん考えてから、

「キャズは十四歳かそこらの年に、綴り方の優等生だった」と言った。

私も立って見ていたのだが、白っぽい松材の箱から下がっていた死体の右手が、いくらか緩んだらしく、その手から私の足元に落ちたものがあった。これを私はさりげなく片足で踏み、しばらく様子を見てから拾ってポケットに入れた。闘争のあった死に際に、少佐が思わずつかみ取って、握ったままに死んだのだろうと推察したのである。

この晩のホテルでは、政局や禁酒法の話をする者も少しはいたかもしれないが、まずはキャズウェル少佐の死という話題で持ちきりだった。集まった聞き手を前に語っている男の声がした。

「ええ、皆さん、私の見るところ、そこいらの誰ともつかない黒人どもが、金目当てに殺したのですな。きょうの午後、少佐は五十ドルという金を持っていて、ホテルで何人かの方々に見せている。その所持金が死体にはなかったのです」

次の朝、私は九時の列車で町を出た。カンバーランド川の鉄橋にさしかかって、ポケットから取り出したものがある。黄色みを帯びた角製のボタン。五十セント玉くらいの大きさで、ほつれそうな縒り糸の切れ端がくっついていた。私は眼下をゆっくりと流れる泥まじりの川水に、このボタンを投げ捨てた。

さて、これならバッファローの町だって、どんな見物があるだろう！

金のかかる恋人

A Lickpenny Lover

「ビッゲスト・ストア」と称するデパートには三千人の女店員がいた。メイシーもその一人で、十八歳。男物の手袋を売っている。この売場で二種類の人間をじっくりと見ていた。まずデパートで手袋を買う男。そして恵まれない男に手袋を買ってやる女。これだけの人間観察にとどまらず、メイシーにはまだまだ情報源があった。二千九百九十九人の女が公開する知恵に耳を傾けて、しっかりと頭の中に保存したのである。メイシーの脳内には、マルチーズ猫にも負けないくらいの、秘密癖、警戒心がそなわっていた。おそらくは自然の配慮であろう。身のまわりに賢明な相談役は得られまいと見た自然が、その補償となるべき利口な成分を美人の頭に仕込んだのだ。とんでもなく高価な毛皮をまとった銀狐(ぎんぎつね)が、とくに狡猾(こうかつ)にできているようなものである。

たしかに美人だった。たっぷりと濃いブロンドの髪をして、ウィンドー内でバターケーキを焼く女のように落ち着いている。そのメイシーが、持ち場とするカウンターに立つ。客は手袋を買おうとして、サイズを決めるべく巻尺に合わせて手を握ったりしながら、青春の女神のような人だなと思うのだが、あらためて見ると、今度は知恵の女神のような目ではないかと思う。

フロアの主任が見ていないと、メイシーは砂糖漬けのフルーツを口に入れている。主任が見ていれば、雲を見上げるような目になって、物思う風情の笑みを浮かべる。

ショップガールの笑顔。これに惑わされてはいけない。よほどに心の装甲を厚くして、キャラメルの手持ちが充分で、キューピッドのいたずらに慣れっこでないのなら、敬遠するのが無難である。この笑いは本来ならメイシーの私用として、勤務時間にまで要求される謂われはないのだが、主任というのは取り分を欲しがるものだ。いわば店内のシャイロックである。うろうろ嗅ぎまわって取れるものを取り立てに来る。きれいな売り子を見る目は、ぎらぎらと活力旺盛だ。もちろん人さまざまで、つい先日も八十歳を超えているという主任の話が新聞に出ていた。

ある日、アーヴィング・カーターが店に来た。画家で、大金持ちで、旅行家で、詩人で、自動車好きという男である。ただし自分の意志で来たのではないということは言い添えてやるとしよう。親孝行の義務感に首根っこを掴まれたようなもの。母親がブロンズやテラコッタの像にめぼしいものがないかと見たがっていた。

そのカーターが、ちょっとした時間を利用して、ふらりと手袋売場にやって来た。不純な動機ではない。きょうは手袋を持ってくるのを忘れていた。だが、そんな弁解をしてやるまでもないだろう。手袋売場で恋愛ごっこがあるのだとは、この男は聞いたこともなかった。

かくして運命の出会いに近づいたのだったが、ふと戸惑ってもいる。キューピッドの仕事のうちでは下等な操作と見られる未知の局面が展開されていたのだった。

三人か四人、ちゃらちゃらした服装の安っぽい男がいた。カウンターに身を乗り出し、手袋をいじくり回して話をつなぐ。店員はにぎやかに愛想を振りまいて、華やかな第二旋律として調子を合わせている。このあたりで引き返してもよかったが、すでにカーターは前へ出すぎていた。メイシーがカウンター越しに向き合って、ご用を伺いたい目をしている。その青い色は、夏の海で氷山に太陽があたったように、冷たく、美しく、暖かく、きらりと光を放っていた。

するとと画家で大金持ちでその他いろいろのアーヴィング・カーターは、貴族然とした白面が赤く染まるのを感じた。照れたのではない。知性が働いてしまった。ありきたりな若い男がカウンターで笑っている女を口説こうとする。そんな現場に自分もいることを瞬時に察したのだ。オーク材のカウンターを出会いの場とする俗っぽいキューピッドに操られ、手袋の売り子の気を引きたくなって、その場に身を寄せているのだから、どこにでもいる連中と変わらない。そう思ったら、どこにでもいる連中への見方がやわらいで、いままで依拠してきた立派な慣習への反抗心がむくむくと湧き上がり、ここにいる完璧な娘をわがものにするという決意が固まった。

代金を払って手袋が包装されてからも、なおカーターは即座には立ち去りかねた。メイシーのバラ色の口元で、えくぼが深くなった。手袋をお買い上げの紳士は、みな同じように立ち去りかねる。メイシーは腕を折り曲げ、これをブラウスの袖口から美神の腕のようにちらつかせながら、カウンターの端に肘を乗せた。

いままでのカーターであれば、どんな場面でも自分が主導権を握っていられたのだが、このときばかりは勝手が違って、どこにでもいる連中にも遠く及ばず、あたふたと浮き足立っていた。この美人に社交界のような近づき方ができるとは到底考えられない。これまで読んだり聞いたりしたショップガールなるものの性質、性癖を、必死になって思い出そうとした。しかるべき手順を踏んで交際するということに、さほどのこだわりがないらしい、という印象を何となく抱いている。この初々しく愛らしい人に規格外の出会いを申し入れると思うと、心臓が騒がしく高鳴ったのだが、その胸のときめきがあればこそ勇気も出た。

あたりさわりのない話題で、すんなり受けてもらえるような少々の言葉を掛けてから、カウンター上の手に寄せて名刺を置いた。

「あまりに図々しいと思われたらお許しを願いますが、いま一度お目にかからせてもらうわけにはいきませんか？　僕の名前はここに書いてある通りです。まったく心からの大事な話として、どうにか親しくなり——お近づきになりたいものと考えています。そのようにさせていただけないでしょうか」

メイシーも、これまで男を見てきた。とくに手袋を買う男なら、だいたい見分けがつくようになっている。もう迷うことなく、にこやかな、まっすぐな目をして見つめ返した。

「ええ、もちろん。しっかりした方のように思いますので。あの、いつもなら知らない人とお付き合いしたりしないんです。そういうのって、はしたないから。でも、この次には、いつお会いしましょうか」

「できるだけ早く」カーターは言った。「お宅へうかがってもよければ——」

メイシーは音楽の調べのような笑い声をあげた。「あら、そんな、まさか！」絶対にだめ、ということのようだ。「うちのアパートを一度だって見られたらどうなることか！　三部屋に五人ですよ。あんなところへご案内したら、ママがどんな顔するか見物だわ！」

「じゃあ、どこへでも」カーターは夢中になっている。「ご都合のよいところへ行きます」

「だったら」メイシーは、いいことを思いついたというピンク色の顔になって、「木曜日の晩なら、たぶん大丈夫みたいです。七時半に八番街と四十八丁目の角に来られますか。うちの近くなんです。でも十一時には帰ってないと、それより遅くなったらママが大変だから」

カーターは大喜びで再会を約すと、いそいで母親と合流した。こちらはブロンズの月の女神像を見つけて、息子の意見を聞いてから買おうとしていた。

小さな目と丸い鼻の女店員が、メイシーに寄ってきて、仲間同士の顔をにやりと笑わせた。

「当たりの札が引けたの？」と遠慮のない口をきく。

「お宅にうかがってよいかなんて言うのよ」メイシーは勿体をつけて言いながら、カーターの名刺をブラウスの懐にすべり込ませた。

「うかがってよいか？」小さな目が谺を返して、ふふんと笑った。「ウォルドーフでお食事を、それから僕の自動車で一走り、なんてことは？」

「やめてよ」メイシーは答えるのが面倒になった。「すごいことに慣れてる人はいいわねえ、なんちゃって。あんたは消防ホースの運転手にチャプスイ屋へ連れてってもらってから、すっかり舞い上がってるのよね。ま、たしかにウォルドーフなんて言われなかった。でもね、名刺に書いてある住所は五番街よ。ということは、もし夕食を奢(おご)ってくれるとしたら、弁髪に結ったウェーターが注文を取るような店だなんてことはありっこない」

カーターは電動の小型車に母親を乗せてデパートから離れていったが、心に鈍い痛みを覚えて唇を噛(か)んでいた。二十九歳にして初めて恋らしい恋をしたという自覚がある。その恋の相手が、あっさりと承知して街角での逢瀬(おうせ)を約束したとは、いくら一歩前進とは言いながら、どうも不安でならない。

カーターはショップガールというものを知らない。ぎりぎりの手狭な一部屋に住んでいたり、家族が定員超過であふれ返っていたりするということを知らない。街角を居間として、公園を客間とする。大通りは庭の散歩道。そんな暮らしでありながら、豪華な壁掛けのある部屋にいるご婦人にも負けないくらい、しっかりと自分を守って生きているのが普通なのだ。

そして初めて出会ってから二週間後の、ある夕暮れ時、そぞろ歩きの二人が腕を組んで、とある小さな薄暗い公園に入っていった。木陰の目立たないベンチを見つけて腰を下ろす。

このとき初めてカーターの腕がそっとメイシーの身体を抱き寄せて、彼女も濃いブロンドの頭を彼の肩に預けている。

「まあ！」メイシーは溜息をついた。まあ、ありがたい、ということだ。「ようやく思いついたの？」

「メイシー」男の口調が熱を帯びる。「なあ、愛してるんだよ。まじめな話として言ってるんだ。結婚してくれ。もう僕という人間がわかったと思う。心配ない。きみが欲しくてたまらないんだ。身分の差なんてことはどうでもいい」

「身分の差？」メイシーとしては聞いておきたい。

「いや、そんなものはない」カーターはあわてて言った。「馬鹿なやつらが考えるだけのことだ。でも僕だったら、贅沢な暮らしをさせてあげられる。地位は文句なしで、資産も充分だ」

「皆さん、そうおっしゃいます」メイシーは言った。「そういう冗談ばっかり。ほんとうは食品屋の店員とか、大の競馬好きとかね。あたしだって、こう見えて世の中を知ってるの」

「僕はいくらでも証拠を見せられる」カーターは穏やかに言った。「きみが欲しいんだよ、メイシー。出会った日から愛してしまった」

「みんなそうなの」メイシーはおもしろがって笑う。「それらしいこと言うのよ。会って三度目に惚れた、なんていう人がいたら、あたしのほうから好きになるかも」

「おいおい、やめてくれよ」カーターは頼み込むように言った。「なあ、いいかい、きみの目を見た瞬間から、ほかの女は目に入らなくなってる」

「あら、お上手ねえ」メイシーがにこっと笑う。「そんなこと、何人の女に言ったの？」

しかしカーターはあきらめなかった。ついにショップガールの心に到達した。かわいい胸の奥底にひそんで小刻みに震えていそうな魂にまで、言葉を届けたのだ。この心は軽々しい装いを最強の鎧として防御を固めていた。彼女は目を上げた。ものが見える目だ。ひんやりしていた頬が、ほんのり染まって熱くなる。こわごわと羽根を閉じた蛾が、愛という花にとまろうとしていた。手袋売場のカウンターの向こうには別の人生が広がっていて、そっちへ行けるのかもしれないという希望の光が、わずかに差してきたようだ。そんな彼女の様子を感知して、カーターもここを先途と攻め立てた。

「結婚しよう、メイシー」そっと耳元にささやく。「こんな見苦しい大都会を離れて、美しい町へ旅しよう。仕事なんか忘れる。人生はずっと続く休暇になる。行き先の見当はついてるんだ。何度も行ったことがある。常夏（とこなつ）の海岸なんてどうかな。きれいな浜辺に波が絶え間なく打ち寄せて、誰もが子供みたいに気楽になっていられる。そんなところへ船で行って、いつまでも好きなだけ泊まればいい。どこかの遠い町へ行けば、きらびやかな王宮があって塔が立っていて、みごとな絵画彫刻がならんでいる。市街は水路になっているから、移動するとしたら――」

「あ、そうだわ」メイシーは急に坐（すわ）り直した。「ゴンドラに乗るんでしょ」

「そうだよ」カーターが笑顔になる。

「そんなことだと思った」

「そう、それから」カーターは話を進める。「もっと旅をして、世界中の見たいものを見よう。ヨーロッパをまわったらインドへ行って古代の都市を見て、象に乗って、壮観な寺院を見る。日本の庭園も見よう。ペルシャではラクダの隊列や馬車競走。そのほか異国のめずらしい景色を次から次へ見てまわる。そういうの、いいだろう?」

メイシーはすっくと立ち上がった。

「もう帰る時間だわね」と冷静に言う。「遅くなってしまいそう」

これをカーターは宥（なだ）めすかした。ふわふわと移ろう女心はわかってきて、まともに衝突したらだめだという心得もできている。だが、いまは上首尾となる感触がある。

ほんの一瞬、絹糸一本で引いたようなものだが、それでも美しき女神の奔放な魂をつかまえたのだ。いよいよ期待は高まった。すでに女神が羽根を折りたたんで、涼しげな手を彼の手に重ねたという実績もある。

さて、翌日のデパートで、女店員仲間のルルが、カウンター内の片隅でメイシーを問い詰めた。

「ねえ、すごいお友だちとどうなってんの？」

「ああ、あの人？」メイシーは横の巻髪に手をあてながら、「もう駄目ね。問題外。だってさあ、ルル、あたしにどんな話を持ちかけたと思う？」

「女優になるといい、とか？」ルルは息もつかずに言った。

「とんでもない。そんな大物じゃないわよ。安い男。結婚してくれなんて言いながら、コニーアイランドを考えてたらしいの。遊園地で新婚旅行のつもりだったのね」

更生の再生

A Retrieved Reformation

刑務所内の靴工房に看守が来て、甲革の縫いつけに精を出していたジミー・ヴァレンタインは本部へ連れて行かれ、所長から赦免状を渡された。この日の午前中に知事の署名が入ったのだ。ジミーはやれやれと思いながら受けた。四年と言われた刑期を、すでに十カ月ほども服役した。せいぜい三カ月と見込んだ当てがはずれていた。ジミー・ヴァレンタインには塀の外にも味方は多い。そんな男が塀の中へ放り込まれるとすれば、わざわざ短髪にするまでもないと思うくらいが普通だろう。

「じゃあ、ヴァレンタイン」と所長は言った。「あすには出してやる。しっかり真人間になれよ。根っからの悪党じゃあるまい。もう金庫破りはやめて、まともに生きろ」

「おれが?」ジミーは驚いてみせた。「金庫破りなんてやったことないすよ」

「おお、そうか」所長は笑う。「そうだったな。つまり、こうか。どうしてスプリングフィールドの一件で放り込まれたかというと、やんごとないお方に累を及ぼすまいと、あえてアリバイの立証をしなかったか、ひねくれ親父をそろえた陪審団に、小憎らしい若造だと思われただけなのか。どっちにしても、割を食うやつは、そんなもんだな」

「おれが？」ジミーは、すっとぼけて押し通した。「スプリングフィールドなんて町には行ったこともないんですってば」

「連れて行け、クローニン」所長は薄笑いの顔で看守に命じた。「お出かけの衣装を見つくろってやれ。朝の七時に監房から出して、仮の間へご案内だ。ヴァレンタイン、いま言ったことは覚えとけよ」

翌朝、七時を十五分過ぎて、ヴァレンタインは本部の準備室に立っていた。支給された既製服は、悪辣（あくらつ）としか言いようのない着心地だ。靴はこわばっていて、ぎしぎしと音を立てる。無理に引き止めた客を見送るに際して、州当局から下されるのはそういうものだ。

係官が汽車の切符に添えて五ドル紙幣を一枚くれた。これだけあれば立派に更生して、いい暮らしができるというのが法の観点なのだろう。所長からは葉巻を一本もらって握手した。こうして囚人番号九七六二のヴァレンタインは「知事の裁量で赦免」と記録された上で、一個の市民として太陽の下へ出ていった。

さえずる小鳥にも、ざわめく緑の木々にも、匂（にお）い立つ花にもおかまいなしに、まずジミーは腹ごしらえを考えた。行った先のレストランで、チキンの丸焼きと白ワインを一本。これが娑婆の空気のありがたみだ。ついでに葉巻も吸ったが、所長にもらったものよりは上等だ。店を出て、ぶらぶらと駅へ向かう。目の見えない男が駅前に帽子を置いて坐っていたので、二十五セント玉を投げ入れてやってから、汽車に乗った。三時間の旅で着いたのは、もう州境に近い小さな町だ。マイク・ドーランという男がやっているカフェへ行って、一人でカウンターにいたマイクと握手をした。

「今になっちまって、悪かったな」マイクが言う。「なにしろスプリングフィールドから文句が出て、押し戻すのに手間がかかった。知事まで腰が引けやがってさ。どうだい、気分は？」

「まあな。おれの鍵はあるかい？」

ジミーは鍵をもらって二階へ上がり、奥の部屋のドアをあけた。出ていったときのままだ。ボタンが一つ落ちている。ジミーを取り押さえた逮捕劇のさなかに、名刑事ベン・プライスのシャツの襟からちぎれて、それきりになったのだ。

折りたたみ式のベッドを壁から倒し、羽目板を一枚ずらして、埃をかぶったスーツケースを引き出した。中をのぞいて、にんまりする。東部全体でも二つとはないような泥棒道具の逸品がそろっていた。何の不足もない。鋼の鍛え方からして、ものが違う。すべて最新の設計で、各種のドリル、穴あけポンチ、バール、ペンチ、錐――。

またジミーみずから工夫した新発明も二つ三つあって、われながら上出来だと思っている。これだけ作らせるには九百ドルを下らない金がかかった。こんな裏稼業の注文に応じる細工屋もいるのだ。

三十分もすると、ジミーは降りていって、カフェを抜けようとした。このときは洒落た仕立ての身なりに変わっていた。すっかり埃を払ったスーツケースを手荷物にしている。

「やらかすのかい？」マイク・ドーランが気安い口をきいた。

「おれが？」ジミーは困ったように聞かせる。「さて、何のことやら。これでもニューヨーク小麦焼き菓子ビスケット製造販売カンパニーの社員になっておりますがねえ」

この言いぐさをマイクがすっかり面白がって、ミルクソーダを飲んでいけ、ということになった。ジミーは酒には手を出さない。

九七六二番の囚人が釈放されてから一週間後に、インディアナ州リッチモンドで、あざやかな金庫破りが行われた。犯人の手がかりはない。持って行かれたのは八百ドルだけだった。さらに二週間たって、今度は同州ローガンズポートで、新案特許の防犯金庫が開けられた。まるでチーズにでも切り込んだように、するりと持ち出されたのは通常の現金ばかりで千五百ドル。証券や銀貨には手をつけていなかった。こうなると取り締まる側もいささか不審を覚える。すると次はミズーリ州に飛び火して、ジェファソンシティーの銀行にあった旧式の金庫が、いきなり活火山になり、火口から流出した紙幣は五千ドルに達していた。これだけの被害とあっては、ベン・プライスのような敏腕の出番となる。記録を照合すると、盗みの手口には、よく似た特徴が浮かび上がった。ベン・プライスは現場を見てまわって、こんなことを言ったらしい。

「洒落た真似をしやがって、ジム・ヴァレンタインと決まったようなもんだ。またぞろ働きだしたか。ダイヤル錠がきれいに抜かれてるだろう。雨の降った地面からラディッシュを引っこ抜くのと変わらない。あいつが持ってる道具で締めつけなきゃ、こうはいかないんだ。タンブラー錠は、中のピンが最後までぶち抜かれてるな。これをドリル一発でやってのける。まあ、やつの仕業だ。とっつかまえてやろうよ。今度という今度は、刑の短縮だの恩赦だの、そんなことがあってたまるか」

ベン・プライスにはジミーの性癖が読めていた。スプリングフィールドの事件を調べていてわかったのだ。移動距離が長い、引き際がすばやい、単独犯である、人を傷つけない――というところがあって、怪盗ヴァレンタインはのらりくらりと厳罰を免れていた。この盗賊の追跡にベン・プライスが乗り出したと知って、世の防犯金庫の持ち主は、いくらか安堵したようである。

さて、ある日の午後、ジミー・ヴァレンタインと愛用のスーツケースが、郵便の荷馬車から這い出した。アーカンソー州のエルモアという町だ。ブラックジャックの木が多い土地で、鉄道から町まで五マイルは離れている。ジミーは大学生のようにも見えた。体育系の上級生が帰郷したというところだろう。板張りの歩道をホテルの方角へ行った。

若い女が通りを渡ってきて、街角でジミーとすれ違い、ドアの上に「エルモア銀行」という看板のある建物に入った。その目を見たジミー・ヴァレンタインは、われを忘れ、別人になった。女は伏し目になって、いくぶんか顔を赤らめたようだ。ジミーのような容姿で現れる青年は、エルモアの町にはめずらしい。

ジミーは、株主にでもなったように銀行前の階段をうろついていた子供をつかまえ、十セント玉を小出しにくれてやりながら、あれこれと町のことを聞き出した。そのうちに、さっきの若い女が出てきて、スーツケースを持った青年などは目に入らず、というような取り澄ました面持ちで歩き去った。

「いま行った人は、たしかポリー・シンプソンさんだね？」ジミーは調子のよいことを言った。

「ちがわあ、アナベル・アダムズだよ。その親父さんが銀行の持ち主なんだぜ。ねえ、エルモアには何しに来たのさ。その時計の鎖って金じゃないの？　おれ、ブルドッグを飼いたいと思ってんだ。もう十セントはおしまい？」

ジミーはプランターズ・ホテルへ行き、ラルフ・D・スペンサーと名乗って投宿することにした。フロントへ乗り出さんばかりに、今後の人生設計を述べている。エルモアへ来たのは店開きの場所をさがすためなのだと言った。この町で靴商売はどうだろう。靴屋を考えているのだが、参入の余地はあるだろうか。

フロント係は、ジミーの服装に感心していた。もともと若者が軽薄に洒落たがるエルモアでは、この男自身も洒落の見本だと言ってよかろうが、ジミーの着こなしを見せられると、どうも分が悪いと認めざるを得ない。あのネクタイはどうやって結んでいるのだろうと思いながら、男は知っていることを気さくに語りだした。

まあ、いい線でしょうね、靴ってのはいいと思いますよ。ちゃんとした靴屋がないんで、衣料品や雑貨の店が、ついでに売ってるんです。どんな商売も景気は悪くないでしょう。スペンサーさんが、この町で店を出してくれたらいいですねえ。住み心地はいいですよ。付き合いやすい人ばっかりで。

そういうことなら何日か逗留して、場所さがしをしてみよう、とスペンサー氏は考えた。いや、ボーイは呼ばなくていいよ、スーツケースは自分で運ぶ。ちょっと重いんだ。

ラルフ・スペンサーとなった男、すなわちジミー・ヴァレンタインが恋の炎に正しく燃えて灰となり、その灰から不死鳥のごとくよみがえった人物は、そのままエルモアにとどまって立派になった。靴屋を開業して、順調にすべり出したのだ。

町民との関係も良好で、顔なじみが増えていった。そして心の願いとしたものが現実になった。アナベル・アダムズ嬢との出会いを果たし、その魅力にますます引きつけられていった。

一年がたって、ラルフ・スペンサーは、すっかり評判のよい男になり、靴屋は繁盛して、アナベルとの結婚を二週間後に控えていた。父親のアダムズ氏は、堅いだけが取り柄という田舎の銀行家らしい人物で、これから婿になる男を気に入っていた。アナベルから見ても、スペンサーは愛せると同時に自慢できる男でもある。いまやアダムズ家に親しく出入りするようになっていた。またアナベルには既婚の姉がいたのだが、そっちの家族とも仲が良かった。

ある日、ジミーは自室に腰を据えて、次のような手紙を書いた。あるセントルイス在住の旧友に向けて、その安全な宛先へ出している。

なつかしき仲間へ

水曜の夜九時に、リトルロックのサリヴァン宅へ来てくれないか。ちょっと後始末を頼んでおきたいことがある。それから道具を一式、譲りたいと思う。喜んでくれるだろうね。これだけまとまったものは、いまから千ドル出したって作れまい。だがな、ビリー、おれはもう一年も前に、昔の稼業はやめたんだ。ちょっとした店を出している。まっとうな商売をしていて、二週間後には願ってもないような女と所帯を持つんだ。表も裏もなく、正直に暮らすよ。もう人の金に手はつけない。百万ドルで釣られたって一ドルも盗らない。女房を持ったら、店はたたんで西部へ行こうかと思ってる。昔の仕事を取り沙汰される心配もないだろう。こう言っちゃ何だが、天使みたいな女でね。すっかり信用されてるんで、もう金輪際曲がったことはできない。じゃあ、絶対に来てくれ。どうしても会っておきたい。渡すものがあるんだからな。

旧友ジミーより

こんな手紙が書かれてから、月曜の晩に、ベン・プライスが貸し馬車に乗って、こっそりとエルモアの町へ入った。しばらく隠密にさぐりを入れて、知りたかったことを確かめている。スペンサー靴店の向かいにあるドラッグストアから、ラルフ・D・スペンサーの顔がよく見えた。

「銀行屋の娘と一緒になるんだってな」ベンは心の中でつぶやいた。「どんなもんだか」

明けて火曜の朝、ジミーはアダムズ邸で朝食をとった。この日はリトルロックへ行って、婚礼の衣装を注文し、アナベルに土産でも買ってくるつもりだった。エルモアの町へ来て以来、よそへ出かけるのは初めてのことだ。最後の「お勤め」をしてから、もう一年を超えた。そろそろ町を出ても大丈夫だろう。

朝食のあと、家族の一行が繰り出した。アダムズ氏、アナベル、ジミー、そしてアナベルの姉が九歳と五歳の娘を連れていた。いまもジミーの定宿になっているホテルにさしかかり、ジミーが急いでスーツケースを取ってきてから、ふたたび歩きだして銀行へ行った。すでに馬車が仕立てられている。ここからは御者のドナルド・ギブソンがジミーを駅まで乗せていくことになっていた。

オーク材に彫刻をほどこした高い仕切りの柵（さく）を抜けて、ぞろぞろと銀行の奥へ行った。ジミーも例外ではない。まもなく娘婿になる人だということで、どこへ行こうが差し支えないのである。下のお嬢さんのお相手であって、見かけも愛想もよい。行員たちも声をかけられれば喜んでいた。

ジミーは持っていたスーツケースを下に置いた。すると幸せいっぱいで若い茶目っ気を出したアナベルが、ジミーの帽子をかぶり、スーツケースを手にすると、「ねえ、ちょっとしたセールスマンになれるでしょ？」と言った。「それにしても、ラルフ、これ重いわね。ニセの金塊でも入ってるみたい」

「ニッケル鍍金(めっき)の靴べらがどっさり」ジミーは落ち着いたものだ。「返品しようかと思ってね。自分で運べば送り賃はいらない。すごく節約したい気分になってるんだ」

エルモア銀行は、新しい金庫を作り付けたばかりだった。アダムズ氏には自慢の種である。みんな見ていってくれと言った。大きくはないが、新案の扉がついている。ずっしりした鋼の閂(かんぬき)が三本あって、これが一つのハンドルで同時に閉まる仕掛けだった。さらには一定の時間にならないと開かない時限錠が設定される。にこにこ顔のアダムズ氏が金庫の機能を解説して、スペンサー氏はちゃんと付き合って聞きながら、言われてもわからないという顔をしていた。女の子二人、つまりメイとアガサは、ぴかぴかの光沢や、へんな時計やダイヤルをおもしろがっていた。

そうこうするうちに、ベン・プライスが銀行の窓口にやって来て肘(ひじ)をつき、柵の隙(すき)間(ま)から何となく奥を見ていた。とくに用はない、と行員には言っている。知り合いの男を待っているだけだ。

と、突然、きゃあっという女の叫びが一度か二度聞かれて、にわかに騒がしくなった。大人が目を離した隙に、九歳のメイが遊びのつもりで妹のアガサを金庫に入れてしまったのだ。すでに三本の閂を閉めていた。また見覚えたアダムズ氏の手つきを真似て、番号合わせのダイヤルを回してもいた。

老銀行家はハンドルに飛びつき、ぐいっと力をかけてみた。「だめだ、開かない」と、呻(うめ)きをあげる。「時計は巻いてないし、まだ番号をセットしてもいない」

母親は恐慌(きょうこう)を来(きた)して、また悲鳴を発した。

「静かに！」アダムズ氏がふるえる手で制した。「みんな、ちょっと静かに。アガサ、聞きなさい」声を限りに呼びかける。それで静まった現場に、かすかな音が聞こえた。真っ暗になった金庫内で恐怖に駆られ、ひたすら泣きわめく子供の声が、わずかに洩(も)れてくるのだった。

「ああ、アガサっ」母親も泣き叫ぶ。「このままじゃ、こわがって死んでしまう。扉を開けて！　打ち破って！　男の人がどうにかできるんじゃないの？」

「この扉を開ける男は、リトルロックまで行かないと見つからん」アダムズ氏の声が揺れている。「何てこった。どうしたものかな、スペンサー。あんな子供のことだ、そう長くは踏ん張れまい。空気だって足りなくなる。こわさに負けて、ひきつけを起こしたりもするだろう」

アガサの母親は半狂乱になって、金庫の扉に手を打ちつけた。ダイナマイトで爆破するという極論も聞こえてくる。アナベルは、くりくりした目に悲痛の色を浮かべ、しかしまだ絶望にはいたらない表情をジミーに向けた。恋する女は、信じた男に不可能なことはないと思うものだ。

「どうにかなるわよね、ラルフ。――どうにか、やってみて」

ジミーの口元に、鋭い目に、ふわりと浮かぶ奇妙な笑みがあった。

「アナベル、そのバラを借りてもいいかい？」

何かの聞き違いかとも思いながら、アナベルはドレスの胸につけていたバラの蕾（つぼみ）をはずして、男の手に持たせた。これをチョッキのポケットに挿すと、ジミーは上着を脱いで、シャツの腕をまくった。それでもうラルフ・D・スペンサーは消え失（う）せて、ジミー・ヴァレンタインと入れ替わった。

「扉から離れて。みんな、どいてろ」有無を言わせなかった。

テーブルに例のスーツケースを置いて、ぱたりと全開にあける。それからのジミーには他者の存在はないも同然だった。底光りのする泥棒道具を手際よくならべる。いつもの一人働きのように、やわらかな口笛の音も出ていた。ほかの者は沈黙の深みにあって身動きがとれず、呪縛されたように見つめるだけだった。

一分ほどで、ジミーは愛用のドリルを鋼鉄の扉に食い込ませていた。十分もすれば、自身の記録を更新する早業で、三本の閂をはね返して扉を開けた。

アガサは、ぐったりしていたが命に別状はなく、しっかりと母親の腕に抱かれた。

ジミー・ヴァレンタインは上着を着直すと、表玄関のほうへ歩きだした。かつて知っていた声が遠くから「ラルフ!」と言ったような気がしたが、もう迷いはなかった。

大柄の男が、いくぶんか出口をふさぐように立っていた。

「やあ、ベンじゃないか」ジミーは不思議な笑みを消すこともなく言った。「とうとう突き止められたか。まあ、いいさ、行くよ。いまとなっちゃ、どうでもいいんだ」

だが、ベン・プライスの行動も不思議だった。

「おや、勘違いじゃないですか、スペンサーさん。といって見覚えもない人だ。馬車を待たせてるんでしたな」

それだけ言うと、ベン・プライスは背中を見せて、のんびりと街路を去っていった。

訳者あとがき

O・ヘンリーという作家について訳者がどんな印象を抱いているかということは、すでに第一巻の「あとがき」に書いたので、ここではO・ヘンリーの作品をどう読みながら訳していたかという裏話として、「最後のひと葉」にまつわるメモ書きを付すことにする。

もちろん、作品の鑑賞には読む人それぞれの流儀があってよいのだから、訳者の主観を押しつけるつもりは毛頭ない。むしろ逆に、それぞれの流儀で読んでくださいと呼びかけることが、この「あとがき」の趣旨である。つまり、この作家への先入観があるとしたら、あるいは誰かに聞いた予備知識があるとしたら、そんなものは捨て去って、まず自身の感性で読んでいただきたいと願っている。

通俗的な作品も意外に複雑だと見えるだろう。通俗だから単純とは言いきれない。以下に記すことは、こんな読み方もあるのではないかという一例である。

第一巻の「あとがき」で、訳者は「賢者の贈りもの」について少々ひねくれた意見を述べた。すなわち「とんちんかんな贈りものを交換する若い男女を、たしかに愚かしいと判じながらも、その馬鹿な話を肯定してみせる」

これはO・ヘンリーの作品にしばしば見られる基本構造ではないかと訳者は思っている。この作家は自分で書く物語をどこか冷ややかに見ているのかもしれない。人物も筋書きも、なんだか馬鹿馬鹿しいものだ。ところが、ある時点で（たいていは終わる寸前で）くるりと見方を変えて、愚かしいだけではないと示される。その分だけ人物が救われる。愚かに見えた人が、じつは幸せだった（または悲しかった、など）とわかる。これを読者は「どんでん返し」と感じる。

「最後のひと葉」では、その手順が二重に行なわれる。まず若い女性の二人組が演じるドラマは、かなり愚かしくできている。最後の葉っぱが落ちたら自分も死ぬという思い込みは、常識的には何の根拠もない。老画家ベアマンが「そういう馬鹿話を考えるやつの気が知れん」と思うのは、まったく無理もないだろう。それでいてベアマンには二人を「守ってやりたい気持ちが働くようで」、風雨の夜に命がけで葉っぱを描く。つまりベアマンは「馬鹿話」を容認して、次に彼自身が無謀な行動に出る。これが自殺行為に近かったことは、作品を丹念に読んで作業条件を検討すればわかるはずだ。小さな親切どころの騒ぎではない。たとえ肺炎にならずとも転落死する可能性が高かった。だが最後には「あれがベアマンさんの傑作」と評価されるものが残って、この老画家もまた救われる。ベアマンにとっても最後の一枚になった。

こういう筋の運びに、一つ、二つ、別のモチーフが絡(から)んでくる。若い女が二人という設定は他の作品にも見られるが、仲良しにもライバルにもできるので、おそらく書きやすい素材だったのであろう。だが「最後のひと葉」では、女性同士の恋人関係として構想されている。このことには訳しながら薄々感づいて、訳し終えるまでには確信していた。といって訳者の妄想による新説ではない。そのつもりで読み返せば、ジョンジーの心をこの世につなぎ止める好きな男でもいないのかと医者に問われる場面（十二頁）で、スーの答えには二通りの解釈が成り立つ。「男なんてものは――あ、いえ、先生、そういうことはありません」

当時の常識人たる医者には、この答えは一義的にしか聞こえなかったろう。そういう意味でも、二人組は社会常識からはみ出した存在なのである。それをO・ヘンリーが擁護しているとは言いきれないが、少なくとも非難はしていない。

ベアマンはユダヤ系の移民であろう（原文の Behrman をベールマンと表記するべきか迷った）。若い二人が「レズビアン」とは書かれていないように、ベアマンも

「ユダヤ人」とは書かれていないが、まず間違いはないところだ。画家くずれの酔っ払いユダヤ人では、やはり社会的には認知されにくい存在である。

O・ヘンリーは、案外、社会派の作家でもあって、弱者や貧者、また何らかの意味で非常識、非正規な者を、文学的に救うことがある。この第二巻に収録した作品では、「高らかな響き」に、その好例がある。貧しい子供が甲高い声を張り上げて新聞を売るという現象は、新聞販売の重要な手段になっていながら、一方で眉を顰められる労働形態でもあった。だが、そんな売り声で一日が明ける場面（百二十四〜百二十五頁）は、この子供たちが果たす役割を文字で記録した美しい讃歌だとも言えるだろう。

では、老画家ベアマンが若い二人組を救う動機は何なのか。はみ出した同士の連帯感によるのだろうか。そうかもしれないが、ひねくれた訳者としては、まだ何かありそうな気がしてならないので、そろそろ妄想を全開にしていって、レズっぽい女の子二人のために、しょぼくれ老人が命を投げ出した動機はというと、おそらく作者とベアマンに共通する次の二点だろうと考える。

一、そもそも女好きである

二、リアリズムの職人である

訳者の実感では、そんなところだ。全三冊の文庫本として計四十七篇を訳したあとで（O・ヘンリー作品の全体から見れば、やっと一割強にすぎないが）こういう感想にたどり着いた。

この作家は若い女性を描くのが好きなのだろう。ながめる、愛でる、といった態度が見える。お嬢さんタイプを書いても悪くないが、どちらかというと都会に出て一人で生きる女、かわいい庶民の女、というタイプを書くときに、筆が生き生きとしているように思われる。とくにデパートの店員という存在を、この時代のアイドル的な女性像として文学史の中に保存したようだ（たとえば本書では「金のかかる恋人」を参照されたい）。女性を大事に見ていたい心情から、安い賃金で働かせる強欲な経営者への怒りを露わにすることもある（これは第三巻に収録予定の「未完の物語」を参照）。

さて、スーとジョンジーの二人は、芸術家をめざす女同士が肩寄せ合って生きている、と言ってやりたいところだが、いずれナポリ湾の絵を描きたいという呑気な目標を掲げるくらいだから、作者の観点からすれば、まだまだ甘っちょろい画家の卵にすぎないだろう。O・ヘンリーの芸術論では、あくまで現実が優先されていて、それを取り込んで芸術が成り立つと考える（という点については、本書に収録した「芝居は人生だ」、また第一巻の「ハーグレーヴズの一人二役」などで読みとれるし、取り込むべき現実がどこにでも転がっていることは、「ある都市のレポート」に書かれている）。

もし「最後のひと葉」を映像化したら、レンガと葉っぱの色合いもさりながら、二種類の青が印象に残るだろうと訳者は思う。一つはジョンジーが編んでいる「青々とした毛糸」の色。これは「まるで実用性のない」ものだ。もう一つはみすぼらしいベアマンの「着慣れた青いシャツ」の色。二つの青のコントラストは、そのまま画家としての違いを見せている。ベアマンが描いた葉っぱの絵は、(少なくとも遠目には)本物と見紛うばかりのリアルなものだったはずだ。それが人を生かす役に立っている。つまり現実から遊離したお嬢さん芸の若い画家を、落ちぶれたとはいえ年季の入った人生派の画家が、リアルな芸で圧倒したのではなかろうか。

いずれにせよ——若い女を守りたいのであれ、自身の芸術を主張したいのであれ、その二つが合致したのであれ——それで命を投げ出すまでの覚悟があるとは、みごとな女好き、職人根性、と訳者は見る。その動機は常識はずれに強い。ほとんど変態的である。というわけで訳者が抱くベアマン像は、おまえたち、いいかげんにしろよ、と思いつつ、ちゃんと生きていけ、絵ってえなぁこう描くんだ、と見せつけた風狂老人なのである。それで死んじゃうんだから、あんたも馬鹿だねえ、えらすぎるよ、とも言いたい。

なお、今回の新訳では、いくつかの作品について新潮文庫の旧版とは題名を変えている。とくに注釈が必要と思われるものは以下の通り。

「芝居は人生だ」——旧版の「人生は芝居だ」を逆転させた。原題は〝The Thing's the Play〟である。だがシェークスピアを引用するなら、〝The Play's the Thing〟になったはず。O・ヘンリーがひっくり返しているのだから、邦題でもひっくり返した。それで作品の趣旨に合う。

「高らかな響き」——従来は「ラッパのひびき」だった。原題〝The Clarion Call〟のクラリオンとは、たしかに一種のラッパなのだが、ここでは高く鋭い音質を形容するだけである（第三巻に収録する「新聞の物語」では、高らかな論調を the clarion tone と言っている）。また、新聞売りの少年がラッパを吹き鳴らしたという誤解を避けたい。あくまで自分の声で叫んで売ったのである。

「金のかかる恋人」——これが「釣りそこねた恋人」と訳されていた意図は、いまとなってはわからないが、修正したほうがよいと判断した。原題〝A Lickpenny Lover〟の lickpenny は、古い言葉なので現代の辞書には出ていないかもしれない。「むやみに金のかかるもの、金食い虫」の意味である。ただし「貪欲（どんよく）な人」というニュアンスで説明する辞書もある。

「更生の再生」――旧版の「よみがえった改心」でも悪くはない。新版では原題“A Retrieved Reformation”の音調を意識して変えた。O・ヘンリーには題名の音をそろえる趣味があるようで、本書では「探偵探知器」（“The Detective Detector”）の例がある。前項の“A Lickpenny Lover”と“The Clarion Call”では同じ子音を繰り返す。ほかに「ブラックジャックの契約人（A Blackjack Bargainer）」、「心と手（Hearts and Hands）」、「ピミエンタのパンケーキ（The Pimienta Pancake）」も同様。そして、もちろん「最後のひと葉」が“The Last Leaf”である。

二〇一五年九月

小川高義

本作品中には、今日の観点からは差別的表現ともとれる箇所が散見しますが、作品の持つ文学性ならびに芸術性、また、歴史的背景に鑑み、原書に出来る限り忠実な翻訳としたことをお断りいたします。（新潮文庫編集部）

Title : THE BEST SHORT STORIES OF O. HENRY II
Author : O. Henry

最後(さいご)のひと葉(は)

O・ヘンリー傑作選 II

新潮文庫　オ－２－５

Published 2015 in Japan
by Shinchosha Company

平成二十七年十一月一日　発行
令和　六　年　九　月三十日　四　刷

訳者　小川(おがわ)高義(たかよし)

発行者　佐藤隆信

発行所　株式会社 新潮社

郵便番号　一六二―八七一一
東京都新宿区矢来町七一
電話　編集部(〇三)三二六六―五四四〇
　　　読者係(〇三)三二六六―五一一一
https://www.shinchosha.co.jp

価格はカバーに表示してあります。

乱丁・落丁本は、ご面倒ですが小社読者係宛ご送付ください。送料小社負担にてお取替えいたします。

印刷・錦明印刷株式会社　製本・錦明印刷株式会社

ISBN978-4-10-207205-9 C0197